ダッシュエックス文庫

ヒモになりたい俺は、ヤンデレに飼われることにした

端桜 了

×××❤　プロローグ

俺の両手両足を拘束しているのは、ＳＭプレイ用の手錠だった。

周囲をぐるりと取り囲んでいるのは、大型のペットケージ。彼女の手で改造が施されていて、脱走防止用の高圧電流が流されている。

「好き好き好き好き好き好き好き好き好き、大大大好き～」

薄暗い部屋の中、照明の灯りが部屋に射し込み、可愛らしい歌声がそっと忍び込む。

「アハッ！　あきらくんなら、わたしの毛だって食べてくれるよね？」

どうやら、今日の餌には、彼女の体毛が含まれているらしい。

自分で選んだ道とはいえ、このまま進めば、俺は何時《いつ》か愛によって殺されるだろう。

でも、俺は逃げたりはしない。むしろ、喜んで機嫌をとる。

なぜなら――しょーらい、せんせーに、しんじつのあいをささげます――

「はーい、ご飯ですよ～」

「わんわん！　きゃうぅん!!」

俺は、彼女《ヤンデレ》のヒモだからである。

×××♥

第一章　働きたくないなら、ヤンデレに監禁されればよくね？

「将来の夢は、金だけはもっているアバズレのヒモになることで——ぇあッ！」

高々と反省文を読み上げる最中、鋭《するど》い指先が俺の額《ひたい》を突いた。

「テメェ、桐谷《きりたに》ィ！　誰がフザケた作文読み上げろっつったァ!?　ああん!?　私は反省文もってこいっつったんだよ!?　ぶち殺されてぇのか!?」

高等学校の教師らしからぬ口調で、担任の雲谷《うんや》先生は罵声を張り上げる。

雲谷先生といえば、我が学園が誇る一騎当千のワンマンゴリラだ。

昨今流行《はや》りの体罰問題はどこ吹く風で、熱いパトスで怒鳴りもすれば熱いコブシで唸りも上げるストロングスタイルの女傑。

常にジャージの野生スタイルではあるが、宝塚もかくやといった長身美形なせいか、男子生徒よりも女子生徒に人気がある二十七歳だった。

「いやしかし、雲谷先生。なぜに、この俺が反省文など書かねばならないのですか？　クラスメイトが『吐き気がして気持ちが悪い』と言うから、雲谷先生の写真を見せて、嘔吐を促《うなが》しただけだと言うのに」

「よく本人の前で、罪状を読み上げられるな。つーか、なんでテメェが、私のお見合い写真もってんだよ？」

「一昨日、机に置きっぱなしだったので、百枚程コピーしておき——」

スリッパで、頭をぶん殴られる。

「もう良い、本題に入るぞ。お前、あのストーカー被害、どうなったんだ？」

『あのストーカー被害』……先々週から、俺は、何者かから猛烈なアプローチを受けていた。その熱意あふれるラブコールが周囲にも被害を及ぼし始め、そろそろ面倒になってきたので雲谷先生に相談《アウトソーシング》することにしたのだ。

「朝、数え切れない程のラブレターが、下駄箱に入ってましたね。素敵な御髪《おぐし》と爪と一緒に。軽く検分しましたが、ラブレターは複数人の筆跡で書かれてました」

「……お前の下駄箱、メンヘラホイホイでも仕掛けてんのか？」

どうやら、俺のストーカーは、ひとりではないらしい。

あの大量のラブレターには、ざっと確認しただけでも三人以上の筆跡が残っていた。

「幼稚園の時に『将来、アキラくんは、私が監禁するの～』みたいな、やり取りをした幼馴染がいたとかいなかったとか」

「将来の監禁を誓い合った園児なんて、どんなロマンチストでも食いつかないだろ。ご両親に相談して、被害届を出すのもひとつの手だぞ」

「国家権力に縋るのもやぶさかではありませんが、こういうストーカー被害は実際に被害が出ないと受理してくれないみたいですしね。しかも、俺は男ですから、助言をもらって帰されるのが関の山でしょ」

「……悪いな、何も出来なくて」

申し訳なさそうに、雲谷先生が顔を伏せる。

「なに言ってるんですか、相談にのってもらうだけでも有り難いですよ。それとなく、各クラスにストーカー行為の警告も行ってくれていますし……正直、股間が上がりませんよ」

「頭だろ？　頭だよな？　教師に対して上がる股間なんて持ち合わせてないよな？」

目が笑っていないので、俺は素直に謝罪する。

「そろそろ、独身教師で遊ぶのも大概にして帰ります。あんまり遅くなると、ストーカーが怖いので」

「おう、気をつけろよ。私も怖いからな」

暴力教師から逃げ出すようにして、俺は反省文を放り捨て退室する。

無事に常勤バイオレンスからの逃亡判定に成功し、胸を撫で下ろした俺は放課後の廊下を歩き始めた。

「あ、やべ。鞄、教室に置きっぱなしだ」

手ぶらの俺は、下駄箱に向かう途中で、教室に鞄を置き忘れたことに気づいた。

「ヤバイヤバイ。ストーカーが学校にいたら、持ち物盗まれるところだよ」

誰もいない廊下へと引き返し、俺は自分のクラスである『2—C』の扉を開け——俺の鞄に顔を突っ込んで、凄まじい勢いで匂いを嗅いでいる優等生を視た。

「……アハッ」

鞄から顔を上げた彼女の名前は、『水無月結《みなつきゆい》』。

全校生徒から『天上無欠の造花』と呼ばれる程に、どの方面から見ても隙ひとつない淑女である。愛らしい笑顔と分け隔てない対応で、この学校で嫌う人は誰もいないのではないかと噂される女の子だった。

張り切った神様の超絶技巧で創られた人形……とまで言われている彼女は、美麗な顔立ちを紅潮させて興奮を示していた。

「いけないとこ、見られちゃった。あ～あ、ざんねん」

「……嗅ぐ鞄、間違えてますよ？」

「ううん、この香りで間違いないよ。桐谷彰君《あきら》」

水無月さんは、自然な動作でスタンガンを取り出した。軽やかにくるくると凶器を回し、ハミングしながらスパーク音を炸裂させる。

後ずさる俺に対し、彼女は息を荒げながら、ジリジリと近寄ってくる。

「もうバレちゃったから良いよね良いよね一緒に暮らしても良いよねだって好きだもん好きなんだもの愛してるから愛してるならソレは最早《もはや》許されるんだよね愛は尊いんだもの皆そう言ってるだからわたしが愛してあげるアキラくんのこと愛して愛して愛し抜いてあげるなにも怖がることないんだよ健やかなる時も病める時も食べる時も排泄する時も寝る時もなんだって面倒見てあげる一生愛してあげるからだから一緒にいようねうんって言ってイエスって言うの大丈夫だよ好きなんだもんわたしたちものすごくお似合いのカップルになれるよううん人生の伴侶になれるの衣食住ぜーんぶゆいがお世話してあげる大丈夫だよアキラくんに汚い部分なんてない――」

「待ってくれ。今、なんて言った？」

矢継ぎ早にまくし立てていた彼女は、再度、冒頭から暴露詠唱を始める。

「もうバレちゃったから良いよね良いよね一緒に暮らしても良いよねだって好きだもん好きなんだもの愛してるから愛してるなら――」

「違う、そこら辺の前置きはどうでも良い。『衣食住ぜーんぶゆいがお世話してあげる』って言ったよな？　そうだな？　間違いないな？」

俺は胸元からボイスレコーダーを取り出し、その音声証拠を再生して聞かせた。

「よし、わかった！　君の想いは伝わった！　愛だの云々だのはよくわからんが、俺はもう決めたぞ！」

ぽかんと呆けている彼女に、俺は土下座して宣誓する。

「俺は、君のヒモになる！」

唖然としている水無月さんを見つめ、俺は、数少ない彼女との思い出を回想する。

「桐谷くん、34ページだよ」

水無月結は、二年生にして副生徒会長を務める優秀な人物だった。

授業中の彼女は眼鏡をかけていて、常に真面目で怜悧《れいり》な面立ちを崩そうとしない。同クラスの男子諸賢は、そんな彼女を盗み見ては恋心を膨らませていたようだ。

先日の席替えで俺の隣に席を移した彼女は、度々《たびたび》授業についていけなくなった（逆説的に、授業が俺についていけないとも言える）俺にも優しく接してくれた。

「あっ」

身じろぎをした彼女の机から、消しゴムが落ちて床に転がる。

「おっと……はい、水無月さん」

落ちた消しゴムを手渡すと、彼女は「ありがとう」と短い礼を述べてくれた。

「桐谷くん、お節介だったらごめんね。授業中は、あんまり眠ったりしない方が良いよ」

消しゴムを受け取った後、彼女は批難めいた視線を俺に浴びせていた。

「確かに、机に突っ伏して眠るのは寝心地が良いとは言えないね」

「寝心地については心配してないよ、授業はきちんと受けた方が良いって意味。あまり怠けると、将来、困ることになるからね。気をつけて」

貴重なアドバイスを授け、彼女は直《す》ぐに黒板へと向き直る。

あの時の彼女は、俺みたいな虫けらにはまるで興味がないと思っていた。俺もまた、高嶺の花に手を伸ばす気なんてなかった。

だが、今の彼女は――

「つまり、監禁しても良いの⁉　アキラくんのこと、ぜーんぶ独り占めしても良いのかな⁉　独禁法違反は適用されない⁉　アキラくんって人権必要⁉」

こうである。この落差、ギネス判定されるだろ。

「ええ、もちろんで御座います。このアキラ・キリタニ、頭の上から爪の先まで、オールウェイズ貴女様のものです」

勝手に失望しながらも、俺は紳士的にセルフ人身売買を成し遂げる。

ぶるっと身震《みぶる》いをした水無月さんは、「あはぁ」と熱い吐息を漏らした。

「や、やっぱり、両想いだったんだね⁉　ゆいのこと、好きだったんだね⁉　そうでしょ⁉　ねっ⁉」

頭、２ビットか、この女？　俺とお前が両想いだったら、お前に懸想してる全クラスメイトとも両想いだよ。

とか思いつつも、俺は満面の笑みで「もちろん、好きでした！」と叫んだ。

こんな言葉ひとつくらいで、将来ひとつ拾えるなら安いもんである。

「あ、あ、あぁ、しゅ、しゅごい……アキラくんが、しゅ、しゅきって……ゆ、ゆいのこと、しゅきって……」

恍惚とした表情を浮かべ、とろけきった声を漏らす彼女は、お薬手帳には書けないお薬を常飲しているような迫力があった。

「あ、あのね……あ、アキラくん、お願いがあるんだけど」

「なんでございましょうか？」

三大ヒモ原則の一――ヒモは、決して、歯向かうことなかれ。

よっぽどの命令でなければ、俺は水無月さんに逆らうつもりはなかった。そもそも、こんな美少女から命令を受けるなんて、とんでもない栄誉であり褒美である。

美少女なら、何をしても許され――

「パンツ脱いで」

さすがに、犯罪は許されないよ？

「……アメリカで言うところのズボンではなくてですか？」

「ううん、違う。ぜんっぜん、ちがうっ！」

胸を上下させながら、水無月さんは、著《いちじる》しい興奮を露わにしていた。

「パンツ！　アキラくんのパンツが欲しいの！」

「かしこまりました」

　ここで断れば、ヒモの名が廃る。

　男子トイレに行ってきた俺は、脱ぎたてホカホカのパンツを手渡す。

　瞬間、俺の手から奪われたソレは彼女の鼻へと吸い込まれる。

「ぁあ！　スゴイ！　怖い！　怖いくらい効く！」

　俺は、お前が怖いよ。

「消しゴムとは段違いだね。コレは危険だよ、危険物取扱者免状が必要だよ」

　水無月さんは、いそいそと自分の鞄から『アキラくんコレクション』と書かれたジップロックを取り出す。

　彼女は、真剣味あふれる職人の顔つきで、俺のパンツを丁重に保存した。

「というか、アキラくん。明日から、授業中に寝ないでね。顔が見えないと、ゆい、血中アキラ飽和度が96％を切っちゃうから」

　血中を占める俺の割合が高すぎるだろ。

　そういう意味で『授業中に寝るな』と文句をつけてきたのかと知り、俺は、今更ながらに自分が照準《エイム》の中心にいたことを実感する。

「そ、それじゃ、家、行く？　ゆいの家、行く？」

「え、いや、構わないんですけど……ご両親は？」

「大丈夫。ほとんど、家にいないから。だから、ね、早く行こ――」

「なんだ、桐谷。まだ、残ってたのか？　ん……水無月？　珍しい組み合わせだな」

雲谷先生が教室に入ってくると、水無月さんは、すぅっと何時もの優等生面に戻る。

「はい。生徒会の活動があったので。偶然、桐谷くんと会ったので少しお話を」

「そうか。ソイツは、ご苦労さん。ところで、桐谷。今から、時間あるか？」

「え？　あぁ、はい。なんですか？」

雲谷先生は、学級日誌でトントンと肩を叩きながら言った。

「例のストーカーの件でちょっとな。時間が大丈夫なら、今から、職員室で――」

「ありませんよ」

俺が了承しようとした矢先、背後の水無月さんに返答権を奪い取られる。

「先生、桐谷くん、この後は時間がとれないんです。これから、一緒に勉強会をしようって約束してて。ね、桐谷くん？」

おーい！　俺の背中に突きつけてるの、スタンガンやないかーい！　コレ、直接的な脅しやないかーい！

「……ね？」

目が怖いよ、目が！　人殺しの目だよ、ソレ！

「は、はは、どうやらそのようですね。ざ、残念なことに」

「なんだ、おかしなヤツだな。何時の間に、水無月とそんなに仲が良くなったんだ？」

「隣の席ですから……永遠に、ね」

『永遠に、ね』のセリフだけ俺の耳朶《じだ》に吹き込み、熱っぽい視線でこちらを囚《とら》える。

「まぁ、急ぎというわけでもないから明日でも良い。気をつけて帰れよ」

「はい。さようなら、先生」

ニコニコとしながら、水無月さんは丁寧に挨拶する。

足音が遠ざかっていくと、彼女はスタンガンをポケットに仕舞った。

「え、えと……そ、それじゃ、行こっか、アキラくん」

頰を染めて気恥ずかしそうな彼女は、この上なく可愛らしかったが、俺が答えずにいると怖気を震《ふる》うような声音を絞り出す。

「……ゆいと行きたくないの？」

「行きたい行きたい！　どこへだって行きたい！」

「良かったぁ。あ、そうだ」

振り返った水無月さんは、愛らしい笑顔で言った。

「アキラくんって、首周り何センチ？」

その質問って、犬にするものだよね——とは、言えなかった。

＊

桐谷彰の自室は、本来、鍵付きのため本人以外が立ち入ることは出来ない筈だった。

その薄暗い自室に、身悶《もだ》えする人の声が響いている。

「……なんで？」

寝床に潜り込んだ少女が、苦しげに声を上げながら藻掻いていた。

「なんで、お兄ちゃん、電話に出ないの⁉　なんで⁉　なんで、私の電話に出ないの⁉　オカシイよ⁉　ちゃんと、約束したのに⁉　お兄ちゃんお兄ちゃんお兄ちゃんがいないと、お兄ちゃんがいないと、私、ダメになっちゃうのにダメになるダメになるダメになるダメになる……」

桐谷淑蓮《きりたにすみれ》――アキラの義妹である彼女は、兄の衣服の山で布団を作り、亀の甲羅のように己の全身を包みこんでいた。

「お兄ちゃんは裏切らないよね裏切らないよね裏切らないよ……大丈夫大丈夫大丈夫……お兄ちゃんが一番好きなのは私だ私だ私だ……お兄ちゃんは大丈夫大丈夫大丈夫……なんで、電話に出ないのぉおおおおおおおおおおお！」

ワンコールも待たずして、勢いよく放り投げられたスマートフォンが壁に直撃する。

顔立ちに幼さを残す彼女は、自分宛のラブレターをハサミで細かく刻み始めた。

「私はお兄ちゃんのもの私はお兄ちゃんのもの私はお兄ちゃんのもの……こんな汚いの要らない要らない要らない……」

紙を切断するハサミの音が部屋に響き渡り、フッと淑蓮は顔を上げた。

「……迎えに行かなきゃ」

ふらつきながら立ち上がり、彼女は覚束《おぼつか》ない足取りで外へ向かう。

「お兄ちゃんが、待ってるもん……行かなきゃ行かなきゃ……」

その行く先は、ひとつしかなかった。

＊

「ど、どうぞ、上がって」

「お邪魔します」

高級タワーマンションへと招かれ、俺は初めて女の子の家に足を踏み入れる。

しかも、ただの女の子ではない。男子諸君の憧れの的、完全無欠の造花とまで謳《うた》われる水無月結の家だ。

二、三、言葉を交わすだけでも、クラスメイトから羨まれる存在。

そんな彼女に自宅へ招かれるなんて、昨日までの俺は考えもしていなかった。

「アキラくんって、なんでそんなに良い匂いがするの？　格好良いからかな？　ゆいの王子様だもんね、アキラくんは？　だから、そんなに良い匂いがするのかな？」

まぁ、危険人物《ヤンデレ》だとも思ってなかったけどね。

「ど、どうかな、ゆいのお家《うち》？」

促された俺は、内装を見回して感嘆する。

タワーマンションの高層階、その内装は『金』という格差を世に容認させるための魔力を宿していた。

開放感のある大きな窓は、眺望の良さを担保しており、その艶めいた面には絶景が飾られている。

広々としたリビングルームには、ガラス天板のローテーブル（恐らく、ウォールナット）が鎮座していた。その周囲には、オーク材のアームチェアが寄り添っている。間接照明に照らされているテーブルの上には、走り書きのメモと剝き出しの万札が置いてあった。

俺の首筋の匂いを嗅いでいた水無月さんは、我に返ったのか、頰を染めて「それじゃあ、アキラくんのお家《うち》でも作ろっか？」とささやいた。

「ん？　お家？　俺の家は、ココから自転車で十数分のところにあるけど？」

「うん、知ってるよ。住所と電話番号、役所に登録されてる出生地に、アキラくんがどこの病院で生まれたのかもスマホに入れてあるから」

なんで、俺が知らないようなことまで知ってんの？

「アキラくん、ゆいと一緒に暮らすんでしょ？　そのためのお家」

「それって、将来的な話ではなくてですかね？」

ガシャァンと、盛大に音が鳴る。

テーブルに拳を叩きつけた彼女は、血走った目で俺のことを見上げた。

「……アキラくんは、ゆいと一緒にいたくないの？」

「ハハ、バカなこと言うなよ。好きな人と一緒にいるのは義務だろ？」

「あ、アキラくんったら……」

コレ、あれだ。選択肢ミスると、即死するやつだ。

「今後のことなんですが、俺はココから学校に通うことになるんでしょうか？」

「学校って行く意味ある？」

お前、二度と通学すんなよ？

少し前の俺ならば、喜び勇んで同意してたけれども……俺の前に座る水無月さんは、唇を高速で動かしながらニコニコと笑う。

「だって、アキラくん、格好良いから。格好良いから、他の女の子に色目使われちゃうでしょ？　ゆいはアキラくんのこと信じてるけど、他の女の子がちょっかい出してくると、もしかしたらしたらって場合もあるよね？　そうなっちゃったら、ゆいね、その女の子のこと許せないかもしれない。アキラくんのことも許せなくなるかもしれない。そんなの、嫌だよね？　ね？」

　爽やかな笑顔で、俺は、目の前の女の子にサムズアップした。

「確かに！　お互いが損だよね！」

　こう答えないと、即死なんだろ？　知ってるよ？

「よかったぁ、アキラくんも同じ考えで！　ゆい、アキラくんのこと説得したくなかったから」

　ゴトリと音を立てて、水無月さんは、後ろ手に隠していた説得材料《スタンガン》をテーブルに置いた。

「じゃあ、アキラくんは、明日から学校に行くのはやめようね。大丈夫、ゆいがちゃんとお世話するから。お勉強もゆいが教えてあげる。ご飯だって作れるし、お風呂で身体も洗ってあげる」

　彼女は「よかったぁ。コレ、使わずに済みそう」と笑いながら、尿瓶《しびん》とおむつを取り出してテーブルに並べる。

「アッハッハ、良かった良かった。この歳で、要介護生活を送るところでしたよ」

　人のことさらう気満々で用意してるの、こえーよ！　人のパンツキメてるだけはあるわ、この女！

「で、俺のお家って、その、どういった類の違法建造物になるのでしょうか？」

「ん、なーに？　気になる？　んふふ、コレだよ？」

無邪気な笑顔で、水無月さんは、組み立てる前の大型犬用ペットケージをもってくる。レゴブロックで遊ぶ女児のように組み立てを終え（非常に手慣れてるのが恐ろしい）「じゃ～ん！」と可愛らしい声で完成を告げる。

「完成！　アキラくんのお家でーす！」

「スゴイや！」

ラリってんのか、お前？

「コレね、ゆいがね、ずーっと前から探しててね、やっと見つけたの。アキラくんが入っても居心地の悪さを感じないように、とっても大きいのを探してきたんだよ。それでね、コレを二組組み合わせると、ちゃんと寝っ転がることも出来るんだよ？」

褒めて欲しいのか、おずおずと頭を差し出してくる彼女に「ありがとう」と偽りの感謝を告げ、俺はゆっくりと頭を撫でてやる。

「えへ、えへへ……すき……」

恥ずかしそうにはにかむ彼女は、とんでもなく可愛いし、男の子諸君から人気が出るのも頷ける愛らしさだ。

でも、病嬌女《ヤンデレ》なんだよ！　俺のことペットケージにぶち込む気だぞ、この女《アマ》！

「気に入ってくれたかな？」

「もちろん」

気に入るわけねぇだろッ！

「一旦、ケージは解体して、ゆいの部屋でまた組み立てるね？　お父さんは、殆《ほと》んど家には帰ってこないし、帰ってきても絶対にゆいの部屋には入ってこれないから安心してね？」

今の発言のどこに安心材料あった？

「あ、あとね、プレゼントがあるの……う、受け取ってくれる……？」

「もちろん」

受取拒否で。

モジモジとしている水無月さんは、可憐な笑みを浮かべてから、告白するみたいにしてソレを俺に突き出した。

「う、受け取って下さい！」

ソレがラブレターとかだったら、初々しい青春の一場面だっただろう。

「あ、ありがとう」

でも、コレ、手錠にしか見えないんだよなぁ。

水無月さんから、差し出されたモノを拒否するわけにもいかない。拒絶反応を示せば、即死ルートまっしぐらである。

なので、俺は笑顔で「ちくしょう、ありがとう」と言って受け取った。

「ちくしょう？」

「俺、江戸っ子だから。嬉しくなると『ちくしょう、こんにゃろう、嬉しいこってぇ！』みたいなの出ちゃうんだ。うん」

「アハッ、変なの」

お前が言うな。

「首輪はオーダーメイドだから、出来るまで待っててね。可能な限り急がせるから、楽しみにしてて」

やっぱり、首輪作るんだね。たったの数時間で、俺の人生が犬生に塗り替わりそう。

「あと！　あとね、玄関でも渡したいプレゼントがあるの……楽しみにしてて」

楽しみすぎて心臓止まりそう。

「そ、それじゃあ、そろそろ、一緒にお風呂に――」

ぴんぽーん――間の抜けたインターホンの音が鳴って、水無月さんが目を細めると、来訪者が小さなモニターに映し出される。

愛らしい少女が、ニコニコとしながら映っている。

「……ゆいとアキラくんの邪魔するの、誰？」

殺意の籠もった視線の先にいるのは、モニター越しの『桐谷淑蓮』……つまり、俺の妹だった。

「俺の妹みたいですね」

恐る恐る、水無月さんの様子を窺う。

反応からしても、俺の妹のことを前から知っているような節はなかった。とすれば、水無月さんが招いたわけではない。

当然、自ら監禁を願い出て人生ゴールイン寸前の俺が呼ぶわけもない。

「妹さん？　え？　アキラくんの？」

スタンガンを構えていた水無月さんの表情は、曇り時々血雨から晴れ模様へ、この世の春を迎えたかのように頬を染める。

「そ、それなら、挨拶しなきゃ。だ、だって、アキラくんのご家族だもの」

「いや、それは、マズいんじゃないですかね？　アイツ、ブラコンなんで、俺が水無月さんと同棲するなんて言ったら――」

「ゆい」

「え？」

苛立たしそうに、水無月さんは歯ぎしりした。

「ゆい！　わたしのことは、ゆいって呼んで！　恋人同士でしょ⁉」

ラブコメだったら心臓が高鳴るようなセリフだが、このヤンデレにかかれば心臓が止まるようなセリフに様変わりって寸法よ。

「ハハッ、ゆい。ちょっと、間違えただけだろ？」

「あ、アキラくん……おちゃめなんだから……でも、好き……」

スタンガンで威嚇していた彼女は、とんでもない落差の気持ち急上昇と急降下を見せつける。

「話を戻しますけど、アイツ、ブラコンなんで。ゆいと同棲するなんて言い出したら、かなり反発すると思います。下手したら、両親に訴えられるかも」

「えっ、そ、そんな……ご両親に挨拶するスケジュールは決まってるのに。こ、困るよ」

ヒモとして、俺も困るよ。

「俺としては、ゆいに監禁されるのはやぶさかではありません。むしろ、犬として生きていく所存です……殺されなければ」

最後の方は、ボソリとつぶやく。

「なので、俺は奥に隠れていようと思います。上手いこと、アイツのことを追い払って下さい」

「う、うん！　頑張るね！」

水無月結《ヤンデレ》のヒモになるのは、確かにリスキーではある。

だがしかし、彼女はかなりの有望株だ。これだけの愛情を注いでくれているならば、人生の途上で捨てられる可能性も殆どないと言って良い。

成績は優秀で外面は美少女、将来性は断トツのS査定、見逃せば後悔するレベルの良物件だ。

俺をペットケージにぶち込もうとしているイカレ少女ではあるものの、これだけ俺のことが好きならば操縦しがいがあるというもの。

イケる！　俺は、今、人生という名の山の頂《いただ》きに立とうとしている！

「俺は、君に監禁されたいんだ」

「ゆいも、アキラくんのこと監禁したいよぉ……」

とっておきの殺し文句でメロメロにした彼女をダイニングルームに残し、俺は奥にある一室へと引っ込む。

「それじゃあ、直ぐに帰らせて下さい。家に入れる必要はないですから。玄関から先には、侵入させちゃダメですよ？」

「はーい！　待っててね、アキラくん！」

浮足立っているのが傍目《はため》から見てもわかるくらいに、水無月さんは、スキップしながら玄関へと向かっていった。

数分後、ダイニングルームに俺の妹が入ってくる。

「お邪魔します」

おーい！　水無月ィ！　お前、話、聞いてたぁ!?

「やっぱり、水無月先輩は、お兄ちゃんとお似合いですねー。私、前から、こういうお姉ちゃんが欲しいと思ってたんですよぉ」

「え、えへ……えへへ……そ、そーかなぁ？」

デレデレの水無月さんは、我が家の妹によって籠絡《ろうらく》されていた。

茶色がかった髪の毛をツーサイドアップにし、蒼色のリボンで髪の毛をまとめている淑蓮は、袖余りの制服で両手を隠し誰からも可愛がられる天性の人懐っこさで、確実に水無月さんとの距離を詰めている。

俺の集金命令により、親戚からお年玉を強奪してきた時の蠱惑《こわく》スキルは健在らしい。

「お兄さんが帰ってこないから、わざわざ、クラスメイトの家を訪ねて歩くなんて。とっても、お兄さん想いなんだね」

「いえいえー、ただのブラコンなんですよぉ。私が言うのもなんなんですけど、お兄ちゃんってカッコイイですからぁ」

淑蓮は、意味ありげに目を細める。

「……誰かに、さらわれてたりしたら困るなって」

紅茶をテーブルに置こうとしていた水無月さんが、ピタリと動きを止めて「へぇ」とささやいた。

「淑蓮ちゃんって、ちょっとファンタジー入ってる子なんだ？　妄想気質？　みたいな感じなのかな？」

「水無月先輩って、確か、ご兄弟はいないんですよね？」

淑蓮は、袖元から指先を出して微笑を浮かべる。

「なんで、玄関に男物の靴があるんだろ？　おかしくないですかー？」

「……お父さんのだよ？」

「へー、あの、靴箱の上に隠されてたスニーカーもですか？」

水無月さんは、テーブルの裏にテープで貼り付けたスタンガンへと手を伸ばしニコリと笑った。

「隠してたわけじゃないよ？　ただ、捨てようと思ってただけなの」

「あ、そうなんですかぁ？　お兄ちゃんのによく似てたから――」

口元に微笑みをたたえたまま、俺の妹は、水無月さんへと鋭い眼光を向ける。

「てっきり、お兄ちゃんもお邪魔してるのかなと思ってました」

緊張感の高まりが、マフィア同士の交渉のソレじゃん。

「淑蓮ちゃんは、面白いなぁ。頭の中で、空想で出来たブロックを積んで遊んでそう」

うふふ、あはは、と互いに笑い合った後、唐突に淑蓮は腰を上げて「帰ります」と宣言した。

「あ、もう帰っちゃうの？　もう少し、ゆっくりしていけば良いのに」

「良いんです。もう、用事は済んだので。では、失礼します」

あっさりと妹はダイニングルームを辞し、見送るために水無月さんも姿を消した。

「……アイツ、昔から、勘が鋭いところあったからなぁ」

念のために身を隠したまま、俺は、独り言をつぶやく。

「でもまぁ、どうにか誤魔化せ――」

バイブ音、チャットの通知、俺のスマートフォンだ。

チャットの画面を開いて――俺は驚愕で、スマホを取り落としそうになった。


スミレ『なんで、隠れてるの？』

スミレ『そろそろ、帰ろーよー！』

「え、なんで、バレたの？」

「バレてるわけじゃないと思うよ」

「うおっ！」

何時の間に、戻ってきていたのか。

肩越しに画面を覗き込んでいた水無月さんは、にっこりと笑ってそう断言した。

「アキラくん、そのチャットに返信した？」

「い、いや、してませんけど」

水無月さんは笑ったまま、俺へと手を伸ばす。

「じゃあ、ちょうだい」

「え?」

「スマホ、ちょうだい?」

飴玉みたいな気軽さで、スマホ強請《ねだ》ってくるのやめてくれる?

「あの、何するんでしょうか?」

断れば人生の終点への旅が始まってしまうため、ニコニコ笑顔の水無月さんへスマートフォンを手渡す。

「やだなぁ、アキラくんってば。することなんて決まってるじゃない」

笑ったまま、水無月さんは、スタンガンの持ち手の部分で俺のスマホを破壊し始める。

「えいえい!　えいえい!　アキラくんを惑わす機械は、こうだこうだ!」

セリフに反して、目が笑ってないんだよ。なんなの、その殺意に象られた瞳。

ガッ、ガッ、ガッ!

可愛らしい掛け声と共に飛散するディスプレイを眺めながら、俺は、ヤンデレ恒例行事たるスマホつきに合いの手を入れる。

「えいえい!」

「ソーレ、ソーレッ!」

「えいえい!」

「エンヤコッラ!　エンヤコッラ!」

無理だわ。合いの手を入れたところで、このおぞましさが中和されることはないわ。

後方持ち主面《づら》で見守っていると、数分後、見事にひしゃげたスマートフォンが完成する。

「あのね、アキラくん。妹さんはね、アキラくんにカマをかけてたんだと思うよ」

「え、どういうことですか？」

顔だけは聖母マリアみたいな美少女は、慈愛あふれる笑みを俺に向ける。

「推測の域を出ないけどね、妹さんはアキラくんのいそうな場所を回って訪問を終えた後、そこにアキラくんがいるかいないかの確信を得られなくても連絡することにしてたんだと思う。そこで『え、なんでわかったの？』みたいな返信があれば、アキラくんがそこにいることが確定するよね？」

「でも、それって、俺がスマホを操作出来る前提の話ですよね？」

「一分半」

とんとんと、水無月さんは無惨な姿になった俺のスマホの画面を叩く。

「アキラくんから妹さんへのレスポンスの平均時間。電話をかけてもチャットを打っても、平均時間内にアキラくんからの返答がなかったことで異常を察知。でも、律儀に既読はつけてたみたいだから、合意の元で何者かと姿を消したのだと推測したんだと思うな」

……画面壊す前のあの一瞬で、そこまで正確に情報把握することと出来るもんなの？

「ついさっきの連絡にもソッコーで既読つけちゃってるから、コレで妹さん側はアキラくんに自由があることの確定を拾ってる」

「はぁ……でも、俺の手にスマホがなくても、第三者が既読をつけている場合もありますよね？」

「悪意ある第三者が、数秒で既読をつけるのは絶対にないよ。既読をつけて、平均レスポンス時間内に返答しなければ怪しまれるからね。既読をつけるまでの時間で猶予を稼ぐか、既読をつけて無難な返答をして時間を稼ぐかの二択」

立てた二本の指を揺らしながら、水無月さんはスタンガンをテーブルに置く。

「偽装ＳＩＭ経由で通信拾われてたら困るから、ＳＩＭは抜いてからスマホ壊したけど……まぁ、さすがに心配し過ぎかな」

そうつぶやいてから、水無月さんはダイニングキッチンの冷蔵庫を開けて、冷蔵保存していたらしい俺のスニーカーをもってくる。

「え、俺のスニーカー……靴箱の上に隠してたんじゃ……」

「アキラくんの匂いが染み付いた宝物を、靴箱の上に隠したりするわけないじゃん。せっかくの香りが劣化しちゃうでしょ？」

さも当然の体《てい》で、ヤンデレ理論の同意を求めるのやめて？

「靴箱の上に隠してたのは、ゆいが貰った『アキラくんコレクション』のひとつだよ。前に、アキラくんがくれたでしょ？」

俺の靴箱から盗んだものを『貰った』と称するのは面の皮が分厚すぎるだろ。

「淑蓮ちゃんがブラコンだとしたら、アキラくんが『現在《いま》』履いている靴くらいは把握してる筈だよね？　だとすれば、この家に来てからの一連の質問もさっきのチャットも、確証のない嘘《ブラフ》ってことになるんだよ」

そう言い切った水無月さんは、至極当然な所作振る舞いで俺のスマホをゴミ箱に捨てた。

「さ、それじゃ、アキラくん」

水無月さんは、ニマニマとしながら俺にささやいた。

「お、お風呂、入ろっか？」

もしかして、俺、逃げ場がないのでは？

拒否権のない俺は、頬がひくつかないように注意しながら微笑むしかなかった。

＊

「……通信が途絶えた」

兄のスマホに仕込んでいたＧＰＳの発信が途切れる。

ガードレールに腰掛け、両足を揺らしていた桐谷淑蓮は静かに思考していた。

お兄ちゃんのスマホに仕込んだのは、内部のバッテリーラインから給電してる極小のＧＰＳ

発信機とジオロケーション系アプリケーションの二種類。その二種で、通信が途絶えたタイミングにラグがある。ということは、先にＳＩＭを抜いてからハードウェア（スマホ）を破壊したってことだ。

親指で自身の額の中心を掘りながら、淑蓮はぶらぶらと足を揺らす。

つまり、相手はＳＩＭスワップを疑っていた可能性が高い……スマホの即位機能を用いたジオロケーションアプリを遮断するだけなら、スマホの電源を切れば良いだけなのにわざわざ壊したということはハード側の存在も考慮に入れてる。

相手にはそれなりの知識があり、この短時間でベストな方法をとっている。

淑蓮は、舌打ちをする。

面倒だな……たぶん、まともにセキュリティ対策もしてる。Ｗｉ－Ｆｉ経由で情報を拾ってくるのは無理だ。抜かれたＳＩＭ経由で余計なことをされたら困るし、一旦、オフラインにした方が良い。

「正確な位置まで絞れてないし……もう少し、精度の良いＧＰＳを導入しとけば良かった。こういう時に、お兄ちゃんを救うためのものだったのに」

淑蓮はガシガシと両手で頭を掻き、呪言をブツブツとつぶやきながら爪を噛む。

「お兄ちゃんお兄ちゃんお兄ちゃんお兄ちゃんお兄ちゃんお兄ちゃんお兄ちゃんお兄ちゃんお兄ちゃんお兄ちゃんは、私と一緒に暮らすんだ。ずっと一緒に暮らすんだ暮らすんだよだって私はお兄ちゃんがいないと生きていけないんだから」

彼女は、ふと、顔を上げる。

視線の先、スマホの待ち受けに映る兄の姿をうっとりと眺めた。

「お兄ちゃん……んっ……」

そして、画面に口づける。

幾度か繰り返した後、ようやく淑蓮は落ち着きを取り戻していた。

「ＧＰＳが指していた区間に暮らしてるのは三人。正直、確証は得られてなかったけど」

小さな少女は、袖元から出した指を組む。

「早まったね、水無月先輩」

彼女の顔には、確信が浮かんでいた。

「あのスニーカー、微かにお兄ちゃんの匂いがしたよ」

幼い頃から兄の匂いを嗅いできた桐谷淑蓮は、嗅覚において水無月結を凌駕していた。

「それに、あのスニーカーを『捨てようと思ってた』っていうのは本音だよね？　だとしたら、水無月先輩は本命を手に入れたことになる」

淑蓮は、ふらりと立ち上がった。

「待っててね、お兄ちゃん……あの女、殺してでも……」

彼女の目には、水無月結《ヤンデレ》と同じ殺意が渦巻《あいじょう》いていた。

＊

水無月さんのいやらしい視線が、上から下まで這い回るのを感じた。

「そ、それじゃ、脱いで？」

風呂場へと案内された俺は、直立不動の体勢をとっていた。

ついに迫る貞操の危機……数時間前の俺だったら、喜んでマッスルボディ（誇張）を見せびらかしていたが、この数時間で感じ取った濃密な恐怖によって脱衣恐怖症を発症しており、我が繊細な精神は己《おの》が肉体を世に晒すことを厭《いと》うていた。

だが、脱ぐしかない。ご主人様《ヤンデレ》の命令は絶対である。

「かしこまりました。脱衣、仕《つかまつ》る」

お気に入りのボクサーパンツは、水無月さんに徴収されていたので、ズボンを脱げば息子が『ハイ、ゼア！』する。

俺にだって恥じらいはあるので、まずは上から脱ぐことにした。

「うへ、うへへ……うへっ」

なんで、男の俺が恥辱を受けてるんだろう？　普通、逆じゃない？

制服を脱いでシャツを脱ぎ、上半身裸になると、水無月さんは全身をガクガクと震わせる。

「え、大丈夫ですか？」

古い洗濯機かよ、お前。

「だ、だいじょ……だいじょび……だ、だいじょび……」

鼻口を覆っている両手の隙間から、真っ赤な鮮血がボタボタと垂れ落ちていく。

「ふぁ……ふぁあ……！　あ、アキラくん！　アキラくんが、ゆいの前で……ふぁあ……！」

このままいけば、出血多量で死ぬんじゃなかろうか？

「……ゆい」

試しにマッスルポーズ（フロントダブルバイセップス）を決めると、大量の血液が床に零れ落ちていく。

「……ゆぃい！」

続けてマッスルポーズ（サイドチェスト）をとると、水無月さんは「アハァアハァハァ！」と喘鳴を漏らし天を仰いだ。

「し、死んじゃう！　ゆい、死んじゃう！」

死因：サイドチェスト。

寄生主《ATM》を守るため、ヒモの義務として止血を執り行う。

ギリギリでダーウィン賞の受賞を退けた水無月さんは、手で目元を覆い隠し「さ、先に入って……」とささやく。

「み、見れない！　これ以上、アキラくんを好きになっちゃうと、ゆい、アキラくんに何しちゃうかわからない！」

なんで、いちいち、セリフが剣呑《けんのん》なの？

身の安全を守るため、俺はすっぽんぽんになる。水無月さんは我が物顔で、俺の服をスーツケースに収納する。

「あの、制服は高いんで、勘弁してもらいたいんですけど……」

「ええ⁉」

「なんでもないです」

数時間前まで、普通のクラスメイトだと思ってた女の顔面でＰＴＳＤ発症しそう。

後門のヤンデレに怯えつつ、前門の浴室へと踏み入れた俺は感嘆の息を吐く。

さすがは、云千万円は下らないタワーマンション。

バスルームの四方は天然大理石《アラベスカート》で、感嘆が漏れる程に磨き込まれている。円形のバスタブにはジャグジーが完備されており、満ちているお湯は水中照明で美しく色づいていた。

「……勝った」

俺は、全裸で、ヒモとしての勝利を噛み締める。

「あ、アキラくん」

このバスルームひとつにかかっているおおよその金額を予想していた俺は、名前を呼ばれて振り向く。

「は、入って良いかな？」

すりガラス越しに、女の子の輪郭《シルエット》が映っていた。

諸事情あって、俺は女の子とお付き合いをしたことがない。当然、女性と一緒に入浴した経験もない。

神経の図太さに定評のある俺だが、相手はあの水無月結だということもあり、緊張で掌にじっとりとした汗をかいていた。

「ど、どうぞ、お入り下さい」

タオルで股間を隠し、俺はそっと呼びかける。

「し、失礼します……」

入ってきたのは——目隠しをして、スタンガンを構えた水無月《ヤンデレ》だった。

「アキラくんの裸が目に入ったりしたら、ゆい倒れちゃうから……手を叩いて、こっちだよ～って教えて？　ね？」

鬼《ヤンデレ》さん、こちら。手のなる方へ（即死）。

所詮、齢《よわい》十七の生娘《きむすめ》か。

人の服は引っ剝がしておいて、己の肌を晒すことに羞恥を覚えたらしい。

学校指定のスクール水着を纏った水無月さんは、前方へ両手を突き出し、ふらふらとこちらに向かってくる。

「な、何故に、スタンガンを構えてるんでしょうか？　風呂場に持ち込んではいけないものベストスリーにランクインすると思うんですが」

「大丈夫だよ、ちゃんと充電したから！」

ひゅーっ！　この女、ついに会話すら放棄し始めたぜ～！

「アキラくん、どこぉ？」

バチバチバチバチ――スタンガンが、危険極まりない放電音を鳴らす。

「ゆいはここだよ……抱きしめて……」

死の抱擁（タイプ：でんき。効果：相手を『し』状態にする）。

長く艶めいた黒髪が、右へ左へ彷徨《さまよ》う。

水無月さんは、一歩、また一歩と俺の方へと進んでくる。

「えへ、えへへ……気絶したら、介抱してあげるから……動かないアキラくんなら、裸を見ても大丈夫だよね……」

嬉し恥ずかし初入浴、とか考えてた俺の純情を返して欲しい。次からは、純情の値段と利息を取り決めて、指定の口座に期日までに振り込まなければ、往来でち○ぽ振り回しながらシャトルランすると脅してやろう。

ジリジリと迫りくるヤンデレ、追い詰められる俺――窮地に陥った俺の頭は、高速で回転し解決法を導き出した。

「ゆい！」

「え、えっ？」

俺が腰のタオルを剝ぎ取って投げつけると、ソレは見事に水無月さんの頭に着地する。

「俺は、今、全裸ですよ！　初日限定、フルオープン！　世のしがらみを捨てたヌーディストが、大理石上の舞台で一糸纏わぬ姿に！　ワーオ！　全部、見えちゃってますすよ！」

「えっ⁉　ぇえ⁉」

興奮で鼻息を荒くした彼女は、両手を振り回して宙空をかき混ぜる。

「来いよ、水無月！　スタンガンなんて捨ててかかってこい！　その両腕で、俺のことを抱きしめてみろ！　全裸だぞ、全裸ァ！」

「ぜ、全裸……は、裸……あ、アキラく、アキラくんの、全裸……ぜ、全裸……」

たらりと、右の鼻から血が垂れ落ちた。

刹那。

スタンガンを放り捨てた水無月さんは、飢えた猛獣を思わせる野性味あふれる動きで飛びかかってくる。

「フッ！」

全裸の俺は前方へと転がって、魔の手を掻い潜り、スタンガンを素早く回収する。物音に過敏に反応した水無月さんを誘導し、その頭からタオルを取って股間を隠した。

「……ヒモを舐めるなよ？」

ぼそりと、俺は小声で勝利宣言を口にする。

あらぬ方向に手を伸ばして、俺という幻想を求める哀れな女を残し浴室を後にした。

棚の上段にあったバスタオルを颯爽と腰に巻く俺だったが、一時の危急から難を逃れただけであって、命喪失確定ボーナスは既に発生している気がしていた。

俺は、嘆息を吐いて今後を考える。

仕方がない。一度、家に戻るか。明日にでも、クールダウンした水無月さんと契約書面の取り交わしをすれば良いだろう。

やれやれ、面倒なことになってきたなと思いつつ、俺はダイニングルームへと続く扉を開け――


「迎えに来たよ、お兄ちゃん」

「イヤァアアアアアアアアアアアアアアアアアアアアアアアアアアッ！」

忽然と姿を現した妹にビビって、思い切り腰を抜かした。

「どうしたの、アキラく――淑蓮ちゃん？」

慌てて、目隠しを外した水無月さんがバスルームから出てくる。

突如として出現した淑蓮を見つめ、値踏みするかのように彼女の両眼が細まった。

「住居侵入罪、３年以下の懲役または１０年以下の罰金……どうやって入ったの？」

「正規の手順に従って、に決まってるじゃないですかぁ。エントランスの入り口にいる警備員さんに『忘れ物をしたので、もう一度通してもらって良いですか？』って、ちゃんと許可をとってから入りましたよぉ？　私、お友達作るの得意なんで～」

視線と視線がかち合い、見えない火花が散っていた。

無言で圧をかける水無月さんに対し、頭の後ろで手を組んでいる淑蓮はあっけからんと答える。

「……鍵は？」

「もしかして、水無月先輩って、お兄ちゃんがいるとデバフかかるんじゃないですか？」

見覚えのない鍵を揺らしながら、我が家の妹はニコニコと犯罪自慢をする。

「さすがにディンプルキーは面倒なので、ちょっとお借りしちゃいました」

笑う妹に対し、半裸の俺はつい疑問を口走る。

「え、ディンプルキーってなに？」

「ピッキングによる不正解錠への対策を施した鍵のことだよ！　私なら開けられるけど、専用のツールが必要だし、時間もなかったから借りることにしたんだ！」

「お前、なんで、そんな知識もってんだよ？」

「お兄ちゃんの部屋の鍵を――防犯のためだよ！」

我が家のホームセキュリティは妹にお任せ！　した覚えがひとつもないの怖いよね。

甘えてくる淑蓮の頭を撫でてやると、皮膚を突き刺すかのような殺気が飛んできて、俺はそのまま横にスライドし空《くう》を撫でる。

「なぜ、スペアキーの場所がわかったの？」

「やだなぁ。水無月先輩が、教えてくれたんじゃないですかぁ」

水無月さんは、訝しげに形の良い眉をひそめる。

「お兄ちゃんのお古のスニーカーの中……水無月先輩、私を招き入れる時、一瞬だけ目をやりましたよね？　人は何かを隠す時、そちらの方に、どうしても意識を向けちゃうものなんですよ？　お兄ちゃんへのプレゼントのつもりだったのかもしれないけど、本人のスニーカーの中に隠すとか趣味悪すぎですね！」

――あとね、玄関でも渡したいプレゼントがあるの

玄関で渡したいプレゼントってスペアキーね……首輪につけるリード辺りだと思ってたのに、割と普通な品物でガッカリだよ。野良のメンヘラレベルじゃん。

にこやかに談笑を交わしている最中のように、俺の妹は、小首を傾げて微笑み――水無月さんの目から光が消える。

「残念だな。わたし、淑蓮ちゃんとは、あんまり仲良く出来ないかもしれない」

一旦、俺、服着て良いかな？　半裸で死ぬのは勘弁なんだよね。

「人様のお兄ちゃんを拉致監禁した女が、謝罪代わりに発するセリフがそれで良いんですか？　誰も、貴女の頭ん中のお花畑を見学させてくださいとか頼んでませんけど？」

悪《わり》ぃ！　ソレ、俺が頼んだんだわ！

とか言ったら、収まる場も収まらなくなるし、助かる命も助からなくなる。

なので、俺は、真剣な顔つきで腕を組み推移を見守ることとした（非暴力主義《ガンジースタイル》）。

「『あの人が私を愛してから、自分が自分にとってどれほど価値のあるものになったことだろう』……わたしの意義はアキラくんで、アキラくんの意義はわたしなの。愛し合うふたりが重なり合うことに手段を選ぶ必要なんてないよ」

それは、選ぼ？

「ハッ、ゲーテを引用するような女は総じて度し難《がた》いですよ。ウェルテルでも読んで自殺すれば？　わかるわかるぅって『愛（笑）』に共感しながら、脳内のメンヘラ菌でも培養するのがお似合いなんじゃないですかぁ」

「最低限の共感性すら持ち合わせてないから、社会的コミュニケーション能力が著しく低いんだね。外面だけは良いみたいだから、あだ名は『パネマジちゃん』かな？」

ふたりで盛り上がってるみたいだし、俺、そろそろ帰って良いかな？

冷静に殺意を募らせている水無月さんは、淑蓮を睨《ね》めつけたまま顎に手を当てる。

「実際にクラスメイト全員の家を回っているわけがないし、アキラくんの現在位置の特定方法くらいは見当ついてたけど……あぁ、なるほど」

「は？　なんですか？」

　水無月さんは不敵に笑み、淑蓮は鋭い目つきで彼女を睨みつける。

「アキラくんの前では、良い子ぶってるんだ？」

　すーっと、淑蓮の顔から表情が消える。

「ね、アキラくん、知ってる？」

　春先に芽を覗かせた春草のように、水無月さんは慈しみ深い微笑を浮かべる。

「ゆいが壊しちゃったスマートフォン、データの修復くらいだったら、簡単に出来るんだよ？　アレ、ゆいが復旧してあげようか？」

　彼女は目を細め、俺の妹を視る。

「もしかしたら、イケないものが、勝手に導入《インストール》されてるのが見つかったりするかも」

　顔を真っ青にした淑蓮は、ぶるぶると震えながら口に指をやった。

　ガジガジと爪を噛みながら、何事かブツブツとつぶやき始める。

「お兄ちゃんに嫌われたくない嫌われたくない嫌われたくない嫌われたくない……お兄ちゃんにだけはお兄ちゃんにだけはお兄ちゃんにだけは……」

　爪噛みもそうだけど、このブツブツ言う癖も止めて欲しい。なんか、水無月《ヤンデレ》に似てるし。

「ねぇ、淑蓮ちゃん。わたしが優しい言葉を使ってるうちに判断してね」

水無月さんが両肩に手を置くと、淑蓮はビクリと反応しポケットに手を入れる。

「今直ぐ失せるなら、許してあげるよ？」

水無月さんは笑っていたが、その瞳には敵愾心が灯っている。

「アキラくんにも黙っておいてあげ――」

ポケットから手を出そうとした淑蓮の右手を、ノールックで水無月さんが掴む。

「ポケットから手を出したら、敵対宣告とみなすね？」

「うっ……うっうぅ……」

引きつった声を上げながら、淑蓮が身悶えをする。

「まぁまぁ落ち着いて、ふたりとも。お互いが得する方法を、皆で考えようじゃないか」

「じゃあ、アキラくんを半分個にする？」

俺の発言ひとつで、二等分の花婿の連載が開始される。

「すいません、まだ、一分の一スケールのアキラくんでいさせてください」

「ね、淑蓮ちゃん、そのお粗末な頭ん中のお披露目会は他所《よそ》でやってくれるかな？　ゆい、アキラくんのためならなんでもするから。早く帰っ……なに？」

淑蓮の震えが止まって、ゆっくりと口角が上がる。

その不敵な態度を凝視し、水無月さんの両眼がゆっくりと広がり――

「なんだ？　水無月は、風呂に入る時は水着なのか？」

予想だにしない人が、妹の背後に立っていた。

「お前、桐谷……人の家で風呂に入るって、そのはしゃぎ方が許されるのは中学までだろ」

見慣れたジャージ姿で、俺の担任は「よう」と片手を挙げる。

「雲谷先生！　どうして、ココに⁉　こんなところで、将来の結婚相手をハントしようとするのはさすがに無理があ――んぼっ！」

げんこつをもらい、激痛で俺はその場に屈む。

「ついさっき、淑蓮から連絡をもらって『電話がかかってきたら、水無月先輩の家に入ってきて欲しい』って言われてたんだよ。教師が乱入するのもどうかと思ったんだけどな……サプライズパーティーのゲストとして呼ばれたからには参加せざるを得ないだろうが」

困惑している俺と水無月さんの前で、雲谷先生は首を傾げる。

「ん？　淑蓮から聞いたが、今日は水無月の誕生日なんだろう？　私にご両親の代わりが務まるとは思えんが、担任教師として祝えるだけのことは祝ってやる」

「雲谷先生、更年期障害は他所でやってくださいよ」

口内に胃液の味を感じてから、俺は考えを口に出していたことに気づいた。

一方的なヴァイオレンスの横で、水無月さんはじっと淑蓮に視線を注ぐ。

「なんで、両親が滅多に帰ってこないってわかったの？」

「水無月先輩って、ブロック遊びが大好きな頭デッカチでしょ？　ひとつひとつ、丁寧に状況を積み重ねて、ベストな状況下でお兄ちゃんを監禁しようと企む妄想家《アバズレ》。むき出しのお金、出しっぱなしにしてちゃダメですよ？　悪い後輩が『コレは夕飯代で、普段からご両親の帰りが遅いんだ』って察しちゃいますから」

淑蓮はポケットから手を出して、自分のスマートフォンをひらひらと振る。

「言ったでしょう？　私、お友達を作るの得意なんです」

「でも、わたしとはお友達になれないね」

笑い始めたふたりを眺めながら、事態を把握出来ていない俺と先生はキョトンとする。

よくわからんが、俺の他力本願ＦＩＲＥは成功したんだろうか？

如何《いか》にさり気なくテーブル上の金を回収するか模索していた俺は、身を寄せてきた雲谷先生に横目を向ける。

「なんですか先生、俺は現代の奴隷制に甘んじている薄給女にかまってる余裕はないんですよ」

「教師が超絶ブラックであることは否定しないが、お前に纏《まつ》わることだからちゃんと聞け。明日、学校で言おうと思っていたんだが……桐谷」

先生は、俺を見つめて言った。

「お前に嫌がらせしてたストーカー、見つかったぞ」

「え？」

水無月さんと淑蓮が、同時に笑うのを止めた。

場が静まり返る。

先生は、自分のせいで盛り下がったと感じたのか「詳しいことは後で話す」とささやいてからケーキ箱を持ち上げる。

「ま、まぁ、まずは皆でケーキでも食べよう。ほら、水無月、お前が最初に選んで良いぞ。色々と買ってきたから、好みのものがひとつはあるだろ」

「本当ですか。わー、嬉しい。わたし、甘いもの大好きなんですよ」

パッと、殺気が雲散霧消する。

甘味による平和条約が結ばれ、束の間の平和な時間が流れていく。仮初《かりそめ》の平穏を享受していたら、何時の間にか、各々の座席が変わっていった。

出会った頃から、雲谷先生は異様に手先が器用だった。

その特技をふんだんに活かし、得意のマジックを披露していた先生は、お披露目を中断し白い目をこちらに向けてくる。

「淑蓮はまだわかるが……なんで、水無月まで桐谷にくっついてるんだ?」

なぜか、ひとつの椅子に三人で腰掛けている現況。

両隣から密着されている俺は、かつてない程に死を間近に感じていた。

「好きだよ好きだよ好きだよ好きだよ好きだよ好きだよ好きだよ好きだよアキラくん

大好きだよ好き好き好き好き好き好き……」

「あと、さっきから、水無月は桐谷に何をささやいてるんだ？」

水無月さんは、ニッコリと微笑む。

「スピードラーニングです」

そうだね、高速洗脳《スピードラーニング》だね。

「お兄ちゃん……ちゅっ……お兄ちゃん……」

家庭内の無許可耳キスは、ドメスティックバイオレンスに含まれますか？

「ブラコンだとは聞いてたが、普通、ここまでするもんなのか？　耳にキスは、さすがにやり過ぎだろう？」

「もー！　先生ったらー！　これくらい、海外では普通ですよー！」

どこの外洋を渡ったら、兄妹間の性犯罪が無効になるの？

「淑蓮。お前、良い加減、お兄ちゃんを卒業しろよ。さすがに、許容出来ないレベルになってきてるぞ？」

兄らしく毅然とした態度をとる俺に対し、淑蓮は「でも」と反駁《はんばく》を口にした。

「私、将来、お兄ちゃんのこと養ってあげられるけどな～」

「えっ⁉」

俺の腕を両腕で抱え込み、上目遣いの妹はニッコリと笑う。

「お兄ちゃんのためなら、私、一生働いていけるし～、それに兄妹だからこそ、絶対にお兄ちゃんのことを裏切ったりしないよぉ？」

妹のヒモ――有りだな。

期待が顔に表れてしまったらしい。

右隣にいる水無月さんが、俺の腰元にそっとスタンガンを当てる。

「……裏切るの？」

「淑蓮、どこの世界に妹に養われる兄がいるんだ？　被扶養者に認定されている年間収入が百三十万円以下のぺーぺーが。冗談は年収が億を超えてから言いなさい」

淑蓮は舌打ちし、俺の背中の後ろで、水無月さんにささやきかける。

「そういう露骨な脅し、やめたらどうですか？　そもそも、この状態でスタンガンを使ったらどうなるかくらいはわかりますよね？」

「わかるよ？」

俺の背中に鼻を当て、匂いを嗅ぎながら彼女は返答する。

「わかってるから、やってるの……アキラくんと同じなら、ゆいは、どこへだって行けるよ？」

俺は、同乗拒否するよ？

「なんだなんだ、こそこそ話か？　学生の頃を思い出すな？」

酒も飲んでいないというのに、学生宅でウキウキしている二十七歳は、色気のないジャージ姿で詰め寄ってくる。

「モテモテじゃねえか、ええ、桐谷ぃ？」

「ハッハッハ！　こいつはまいったなぁ！」

片方は妹でもう片方は通報案件《ヤンデレ》……全人類の中で、嬉しがる方はいらっしゃいますか？

「宴も酣《たけなわ》ってところで、桐谷を借りるぞ。両手に花のところ残念だが、空手になって寂しさを覚えるお時間だ。桐谷、食べ終わってからで良い。玄関前にいるから、存分に血糖値を上げてから来い」

先生のご厚意に甘え、ケーキを完食してから腰を上げる。

起立してから、数歩、歩みを進めた。

進んでも進んでも、暖かく柔らかな感触が両隣にひっついているのを感じる。

「あの……ついてこないでもらって良いですか……？」

癒着している小判鮫《メス》どもが、俺の脇の下辺りを嗅ぎながら口を開く。

「アキラくん、ひとりでトイレ出来な――あ、そっか、それは最終段階か」

お前、今、さらっととんでもねぇこと言ったな？

「いや、トイレじゃなくて、少し先生と話すだけですよ。さっき、先生も『桐谷のこと借りるな？』って言いましたよね？」

「貸さないよ？」

「え？」

水無月さんは、にこやかに破顔する。

「絶対に、誰にも、一秒たりとも、アキラくんは貸さない」

本人にすら、人権が貸与されてないのは問題だろ。

「お兄ちゃん！　先生と話すのなんて、別に明日でも良いでしょ？　そんなことよりも、私と一緒にお家に帰ろう？」

「いや、優先順位的に先生が先だろ？」

「……え？」

目元をぴくぴくと動かしながら、妹は口を震わせ顔を歪めた。

「わ、私、先生よりも下なの……？　お、お兄ちゃんにとって、私、先生よりも要らないの……？　え……ぇ……ど、どうゆうこと……え……？　一緒に暮らしてきたのに……え……お兄ちゃんのために……何もかも捨ててきたのに……？」

なら、自我も捨てろや。

「じゃあ、ゆいも二番目ってこと⁉　アキラくんにとって、ゆいは二番目の女なの⁉　愛し合ってるのに⁉　恋人同士なのに⁉」

へぇ～！　ココで、誘爆するんだ～！

「要らないなら、私、死ぬね？　お兄ちゃんにとって必要ないなら、私、存在してる意味ないから。だから、死ぬね？」

「その冗談は嫌いだから、止めろって言っとるだろうが」

カッターを手首に当てた淑蓮の体勢を崩し、力が抜けたところで強引に刃物を奪い取る。

俺は、何本目かわからない刃物を懐に仕舞った。

「お前のせいで、手持ちのカッターが増えすぎて、フリマの度に『女子中学生、使用済みカッター』として売り出して儲かってんだから……ありがとな」

「う、うん！　私も愛してるよ、お兄ちゃん！」

お前、耳に変換器でもつけてんの？

俺に抱き着いて頬ずりしている淑蓮を凝視し、水無月さんはスタンガンの電圧を上げる。

「……ゆいのアキラくんから離れてよ？」

「離れませんよ？　だって、お兄ちゃんと私は結ばれてるんだから」

兄妹の絆でね？

「なら、消え――」

「桐谷」

扉が開いて、水無月さんがスタンガンを仕舞う。

「お前に電話だ」

「え、誰からですか？」

雲谷先生は、困りきったかのように眉を下げる。

「お前のストーカーから」

「着拒で」

認められず、俺はスマホに耳を当てた。

格安回線を契約して、インターネット電話でもしているのか。

ザーザーと、ノイズ混じりの声が届いてくる。

「す、崇高なる、アキラ様にご挨拶を申し上げます……」

たったの一言で、やべーヤツだとわかるスピード感に親切心を感じる。

陰鬱な声音に耳朶をなぶられ、俺は秒で切断し先生へ呪いのスマホを手渡す。

「すみません、実家の炊飯器が産気づいたので帰りま――」

着信。無言の圧力で出るように促され、渋々ながらスマホに耳を当て直す。

「はい、崇高なるアキラ様です」

「あ、あぁ……さ、先程は、し、失礼致しました……ぼ、ボクのような、ゴミ虫が、アキラ様の声を頂戴するなんて、過ぎた名誉であることは承知しております……」

本人に断りなく、勝手に名誉を感じるな。

「ど、どうしても……お、お褒めの言葉を頂戴したく……お、お電話の方、かけさせて頂きました……」

「人の後をコソコソと付け回すストーカー風情が大きく出たもんだな。迷惑を被っている俺が、原因であるお前を褒めるとでも思うか」

「じゅ、十万円……お支払いします……」

「ナデナデのオプション料金は二万円からとなっておりますが、御一緒にいかがでしょうか？」

「……水無月結」

会話の流れを断ち切るささやき声。

ちらりと、俺は水無月さんを一瞥し、電話口の向こうへ意識を戻す。

「それに、桐谷淑蓮……アキラ様のお心を、現在《いま》、煩《わずら》わせている悪《あ》しき者は、そのふたりではありませんか？」

「お前、どこからか視てんのか？」

「お、美味しそうなケーキですね……ぼ、ボクも食べたかったな……」

周囲に目を走らせる。

閉まっているカーテンを確認し、外から室内を覗くのは不可能だと確信する。

「視るのは無理だよ」

俺と無断崇拝者との会話が聞こえていないにもかかわらず。

水無月さんは、受話器を当てていない方の俺の耳に唇をつけて断言する。

「アキラくんとの逢瀬に、邪魔が入らないように工夫したもの。たぶん、彼女が視たのは『雲谷先生』じゃないかな？　ケーキを購入してから、ゆいの家に入っていくのを目視したんだと思う。その姿さえ確認していれば、今頃は、生物《なまもの》のケーキを食べてるってことくらい見当はつくよね？」

「お前、視てないな？　お前の嘘八百は、俺の灰色の脳細胞がお見通しだボケが」

見事な推理力をもって、俺が真実を導き出す。

俺の外付け頭脳には敵わないと思ったのか、受話器の向こう側で沈黙が張り詰める。

「桐谷、個々人のプライバシーだから、スピーカーでしゃべれとは言わんが……可能であれば、多少、話も聞いてやって欲しい。被害者と加害者に話をさせるのもどうかと思ったが、勇気を振り絞っての自首であるし、本人も深く反省しているようだから」

「自首？」

通話口を塞いで尋ねると、先生は首肯する。

「お前との面談が終わって直ぐにな。『明日、直接会って謝罪したい』と連絡があって『まだ、教室に桐谷さんが残っているようなら自分のことを話しておいて欲しい』と言われてはいたんだが……水無月と用事があるらしいし、明日の朝にでも話そうかと思っていた」

「廊下の消火器格納箱に仕掛けてたカメラに、雲谷先生が映らなかったのはそういうことか……ゆいの計画を察知していて阻止したの？」

え、元から、俺のことさらう予定だったの？

「あ、アキラ様を、悪しき者からお救いしました」

先生のバカデカボイスが伝わったのか、俺の守護天使《エンジェル》が口を開く。

「そ、それに、あ、アキラ様の下駄箱に、ぼ、ボクの結界を張りました……か、髪の毛と爪で……あ、悪しき者から、ま、守るためです……」

そういう結界とかは、少年漫画でやってくれる？

「あ、アキラ様に、お、お褒め頂きたくて……あ、悪しき者に、て、天罰も下しました……き、気に入って下さいましたか……？」

「俺のクラスメイトに、ネズミとゴキブリの死骸送りつけたのもお前か」

「て、天罰です……」

人災を天罰呼ばわりするのはやめろ。

「俺を中心として、周囲にまで災害をもたらすのは勘弁してくれ。あだ名が『ヤンデレ爆心地』とかになっちゃうだろ」

「お、お兄ちゃん、他人のことまで慮《おもんぱか》るなんてカッコイイよぉ……」

とろけきった顔で、妹が俺の下腹部に顔面を押し付けて過度な呼吸を行う。

適当に周りの空気を集めたビニール袋、妹に売り払って小金でも稼ごうかな。

「あぁ……！　も、もちろんです……！　あ、アキラ様のご命令ならば……なんでも言うことを聞きます……！」

唐突に訪れた、人生のＢＩＧ　ＣＨＡＮＣＥ。

「……俺を養え」

「ほ、本尊を迎えてもよろしいのですか⁉」

用いる言葉の圧が強すぎる。

「あぁ……！　有り難い神託を頂戴し、ボクは天にも舞い上がらん心地です！　明日、お迎えに上がりますので、お支度をお願いします……あぁ……ぁあああ！」

「あの、やっぱ、キャンセルで」

既に通話は終了していた。

虚無の表情で、俺は通話時間を示している画面を見下ろす。

「で、どうなった？」

「先生、助けて！」

あまりの恐怖で、俺は、雲谷先生の平坦な胸へと救いを求める。

「こ、こら、バカ！」と照れる二十七歳に抱き着いていると、的確な左ジャブと右ストレートがテンプルにヒットする。

俺は、無言で膝から崩れ落ちた。

＊

漆黒のカーテンが、日の光を完全に遮断していた。

真昼にもかかわらず、その部屋には一条の光すらも侵入は許されていない。

唯一、その闇との同居を許可されているのはロウソクのともし火。

時代錯誤な蠟燭台は物言わぬ孤影を床に擲《なげう》ち、生贄が流した血涙を思わせるロウを垂れ流している。

「アキラ様……アキラ様……」

純黒のローブを身にまとった少女は、祈りの形にした両手で心を捧げていた。

その祈りの先は、桐谷彰――を模して作られた人形。

彼から承った（盗難した）神物は、バリエーション豊かに人形を彩っている。

等身大アキラの偶像の顔には、念写（盗撮）された神《アキラ》の仏頂面が縫い付けられている。

元の壁紙の色がわからなくなる程に、端から端まで貼り付けられ、四方の壁面を埋め尽くしているアキラの写真。

その影像には、真っ赤な血文字で信仰箇条が描かれている。

「お慕い申しております……ぼ、ボクは……アキラ様をお慕い申しております……あ、あなた様の幸せのためなら……ぼ、ボクは……」

すっぽりと頭を覆っているフードの隙間から、彼女の笑っている口元が視えた。

「死ぬことも殺すことも、決して厭いはしません」

彼女は、手首を切って――

「明日、お迎えに参ります」

自作の祭壇に祭り上げられた偶像へと血の誓いを捧げた。

——××× ♥

第二章　信愛を捧げよ

わたしが通っていた幼稚園の先生は、アキラくんを監禁して逮捕された。

『モモ先生』と呼ばれていた彼女は、優しくて純朴な顔立ちをした女性《ひと》だった。

子供たちひとりひとりを愛していて、特定の子供《アキラくん》を贔屓《ひいき》するような言動を見せたことは一度もなかった。

アキラくんが失踪したことが発覚し、世間が騒ぎ出すその直前、彼女はわたしとその親友にこう言った。

「愛情を示すのに、手段なんて選んじゃダメだよ」

わたしと親友は、何時も、アキラくんを取り合って引っ張り合いっこをしていた。

その様子を眺めながら、モモ先生は微笑みを浮かべていた。

「愛には、際限が存在しないの。だから、手段を選ぶような愛情を本物と呼ぶことはおためごかしに過ぎないんだよ」

「どぅゆーこと?」

わたしの親友は、海外で生まれ海外で育った子だった。

祖父《グランパ》が愛した日本で、子供を育てることに固執した父親の意向により、日本へ移住してきたという話を本人から聞いたことがある。

彼女は、この世のものとは思えないくらいに綺麗な白金《プラチナ》の髪をもっていた。その美しい長髪を掻き上げ、舌っ足らずな声音で彼女は先生に尋ねる。

「ねぇ、ゆいちゃんは、アキラくんとずーっと一緒にいたい？」

わたしは、こくりと頷いた。

「そっか」

その時——先生の瞳には、寂しげな『愛情』が渦巻いていた。

「それなら、誰にも渡さないようにアキラくんを監禁しないとね？」

「かんきん？」

「……本当に彼が好きなら」

モモ先生の笑顔は、どこか哀しそうだった。

「いずれ、わかるよ」

それから少し経って、先生は呆気なく逮捕された。

ほぼ完璧にも思えた彼女が犯した決定的なミスは、『アキラくんが風邪を引いて、病院へ連れて行った』ことだった。

きっと、その通院がなければ、彼は未だに見つかっていなかっただろうと……危機対応《クライシスマネジメント》の専門家がそう評する程に、彼女の誘拐は綿密に計画されており芸術品じみた用意周到さをもっていた。

『もしかしたら、こうなることすらも計画済みだったのかもしれませんね』

ワイドショーに出ていた犯罪心理学の大家は、人生で冗談をひとつも零したことがなさそうな厳しい面でそうコメントしていた。

全国的なニュースになった誘拐事件は、連日、世間の注目を集めてメディアの格好の餌となった。

大勢の記者たちは、ネット上から痛烈な批判《バッシング》を受けながらも、幼稚園児《アキラくん》にマイクを突きつけ『怖かったかい？　怖かったよね？』と、視聴者の同情で引き出すようなコメントを吐かせようとした。

「ぜんぜん、こわくなかったよ？」

だけど、アキラくんはあっけからんと言った。

「モモせんせい、すごくやさしいもん。なんで、みんな、モモせんせいのことをわるくいうの？　いっしょにくらして、すごくたのしかったよ？　おかあさんよりりょうりがおいしいし、おやつもくれたし、なにもひどいことしなかったよ？」

世間は、アキラくんは洗脳状態に陥っており、ストックホルム症候群の表れによって、犯人のことを悪く言えないのだと解した。

世の中の大半の人間は、理解出来ないことを理解出来るものに置き換える。

メディアによって、光が当てられた一面のみで全貌《ぜんぼう》を理解したと確信し、数十分程度の時間で自分の意見と世間の意見が合致していることを確認し満足感を得る。合致していなければ、苛立《マイナス》ちを取り返す《プラス》ために何らかの形で批判を浴びせる。

起こった事件に対する世間の反応というものは、用意された答案と比較しながら行う脳死の答え合わせみたいなものだ。

他の人とは異なる答えを出してフォロワーを集めようとするインフルエンサーのやり口は、社会から外れた人間を狙うカルトの手法と酷似しているが、いずれにせよ、それらの集団が行うのも別の答案を使った同様の答え合わせであり、エサが出てきたり出てこなかったりするボタンを押し続けるサルと同じようなものだ。

結局のところ、ありとあらゆる事件の真実とは当人にしか解せないものなのだろう。

モモ先生が織り成した『愛』という名の複雑怪奇な模様は、彼女の心のなかにある答案用紙にだけその解き方が記載されていた。

「……彼は特別でした」

特殊性癖をもった変態として、モモ先生は社会から弾圧され追及を受けた。

「わたしがどれだけの愛情を示しても、彼はどこか余裕そうに受け止めていました。笑っていました。彼ならば裏切らないと思ったし、唯一、一生を添い遂げられるとも思いました。彼しかいないと思いましたし、今でもそう思っています」

雑誌にも掲載された先生の言葉は、わたしの心に深く根付いている。

「年齢差なんて問題じゃない。愛情を示すのに、手段を選ぶ必要なんてありません。ただ」

わたしには、先生の微笑が視えた。

子供たちを見守っている時の、穏やかで優しい微笑が。

「彼と一緒にいたかったんです。少しでも長く、それがおかしいことだと言われても、一緒にいたかったんです。そう思うのは、何かおかしなことなんでしょうか？」

そして、わたしは、幼稚園でアキラくんを引っ張っている。

「将来、アキラくんは、フィーが監禁するの～」

「ゆいが監禁するの～」

わたしとその親友が表した愛情は、当然、先生たちに問題視されて『絶対にそんなことしちゃいけません！』と叱られた。

「ゆい。あなたは、第二夫人よ。フィーは必ず帰ってくる、忘れないで」

わたしの親友は、その言葉を残して海外へと飛び——そして、わたしは、今でも彼のことを愛している。

「……懐かしい夢だな」

目覚めたわたしは、朝日を浴びながら微笑する。

「アキラくんのことだから、絶対にあの頃のことなんて憶えてないよね？」

昨日まで、彼がこの家の中にいた。

その事実を再確認し、わたしは歓喜で身震いする自分を抱いた。

「好き……アキラくん、好きだよ……アキラくんが、ゆいとのこと憶えてなくても……好き、好きなの……」

彼の芳香が残るシャツを鼻に当て、わたしはぎゅっと抱き締める。

「愛して、アキラくん……ゆいだけを愛して……他の女なんて視ないで……そしたら、ゆいは……」

──愛情を示すのに、手段なんて選んじゃダメだよ
「アキラくんと一緒にいられるように──なんでもしてみせるから」

枕元に立てかけている彼の写真にキスをして、わたしは『水無月結』として制服を纏った。

＊

「……で、お前は誰？」

憂鬱な朝の通学路に立ち塞がったのは、ひとりの見知らぬ女の子だった。

制服を着崩している彼女は、胸元を開いてリボンをぶら下げ、ミニスカートから太ももを覗かせている。両耳を銀色のピアスで飾り付けており、爪は薄青色のマニキュアで彩っている。

「……話したでしょ？」

如何にもギャルっぽい彼女は、自分の片腕を掴みながら顔を伏せてボソボソと話した。

「え？」

「昨日……電話したでしょ……？」

頬を紅潮させた女の子は、大きな声で言い放つ。

「あたしが！　あんたの！　ストーカー！」

「……は？」

恥ずかしそうに、彼女は真っ赤な顔を両手で覆った。

「…………」

スマホで時刻を確認した俺は、彼女の脇を素通りして通学路を進む。

「い、いや、ちょっと待ってよ！　ノーリアクションとかなくない？　だ、だから、本当にあたしがストーカーなんだって！」

自称ストーカーの変異体ギャルは、必死に追いかけてきて袖を掴んでくる。

ため息を吐いて、俺は、腕を振り払った。

「時給も発生しないような、他人の妄想に付き合う趣味はない。昨日の電話の相手は、本物のヤンデレだ。お前のような、そこらにいるモブじゃない」

「モブ？　モブってなに？」

説明する気など毛頭ない俺が歩き始めると、猛ダッシュで先回りしてきたギャルは通せんぼしてくる。

「あ、あたし、ちゃんとヤンデレだから！」

「なら、証拠でも見せてみろ」

「え、えーと……」

ギャルはポケットに手を突っ込み、こちらに水色のブラをチラチラ見せながら、俺の写真を引っ張り出して突きつける。

「あ、あんたの写真！　持ち歩いてる！」

鼻で笑って、俺は先に進んだ。

「ちょっと、まって！　ホント、まって！　普通、付き合ってもない男の子の写真持ち歩いてるとか相当重いよ！『うわー』とか『えー』とか、それなりの反応あるでしょ⁉」

「いちいち纏わりつくな、うっとおしい。お前のような雑魚を相手にしてたら、マジもんのヤンデレを相手にする気がそがれるだろ」

学校には水無月さんがいるし（しかも隣の席）、あのラリってる本尊主義の相手もしなければならない。

そこらに転がってそうな、日常生活の欠け端ごときに視界を割く時間などない。

「そもそも、昨日と口調が違い過ぎる。一人称は『ボク』だったし、俺に対する二人称は『アキラ様』だった。もっと、たどたどしいしゃべり方で、信仰の名の下に培ってきたパワーワードの唱え手の筈だ」

「人は変わるから！」

ヤンデレは、変われないからヤンデレなんだよ。

「ともかくさ、ちょっとだけでも良いから、あたしの話聞い――」

「アキラくん、その女、誰？」

瞬間――俺は、全力でスタートを切った。

「ちょ、ちょっと！　なんで、急に走り出したの⁉」

見た目とは裏腹に、意外と足が速いらしい。

男の俺に追いついて並走してくるギャルは、ぶらんぶらんと首元のリボンを揺らし、大声を張り上げて疑問を発する。

「黙れッ！　生の実感を噛み締めたいなら、黙って真っ直ぐに駆け抜けろッ！」

「困ったな」

当然のように、水無月さんは脇道から現れる。

会敵と同時に駆け出したにもかかわらず、人間とは思えない俊足とルート計算により、稼いだアドバンテージは一瞬で潰されていた。

俺たちの進行路を完全に塞ぎ、彼女は、憂鬱そうな表情で首を振った。

「おはよう、ゆい！　ジョギング中に会うなんて奇遇だね！」

「アキラくん、逃げるってことは、非を感じてるってことだよね？　ゆい、アキラくんのことは信じてたのに。朝は、とっても良い気分だったんだよ？　だって、アキラくんの夢を見られたんだから。でも、それも全部ぶち壊しだね。悲しいな。ゆい、悲しいよ。やっぱり、アキラくんはお外に出しちゃダメなのかな？　ダメなんだよ。ゆい、心を鬼にしなきゃ。そうだよね。うん、そうだね」

おーい！　会話しようぜ、水無月⁉

「水無月結……？　なんか、何時もと、感じ違くない？」

「お前、時間を稼げ」

「え？」

俺は、微笑んだ。

「その間に、俺は逃げる」

「えっ、どうして、逃げる必要があ――なんで、あの子、朝の通学路でスタンガン鳴らしてんの⁉　頭、オカシイんじゃない⁉」

鼻歌でウエディングソングを奏でながら、スタンガンを鳴らしてリズムを刻む。

一歩、二歩、三歩。

軽やかに助走をつけた後、彼女は、真っ直ぐに俺目掛けて突っ込んでくる。

「……お前、将来性はあるか？」

「えっ、なに⁉　この状況で聞くような質問⁉」

「金はどれくらいもってる？」

「え、えと……二千二百五十円？」

「水無月さん！　俺は、コイツに誑《たから》かされたんだ！　助けてッ！」

「えっ、ちょっ⁉　ち、ちがっ！」

経済能力のないモブになど興味はない。

「アキラくんはお仕置きだお仕置きだお仕置きだお仕置きだお仕置きだお仕置きだお仕置きだお仕置きだ……」

ダメだわ！　俺にしか興味ねぇわ、コイツ！

なにか他の手はないか模索する俺の目に、停まっているバスの姿が飛び込んでくる。

「来い！」

「あ、ちょっと！」

満面の笑みを向けたまま、水無月さんは徐々に速度を増していく。

こちらの狙いを察したのか、彼女は、全学年で最も足の速い女子として健脚を発揮し始め――

「あっ！」

「……チッ！」

ギャルの胸ポケットから落ちた俺の写真を踏むのを嫌ったのか、無理な進路変更を行いスリップした。

「出して下さい！　若干、二名の命が懸かってます！」

迫真の叫声に応じ、戸惑っていた運転手さんはアクセルを踏み込む。

同乗していた学生たちは、何事かとざわついていたものの、バスはスムーズに発車して胸を撫で下ろす。

「ちょ、ちょっと」

俯いているギャルは、俺と繋いでいる手を見つめる。

気恥ずかしそうに目を逸らしている彼女は、首元から頬までを赤く染めていた。

「手、離してよ……」

この状況下で、ラブコメ出来るお前はすげぇよ。

俺は、繋いでいた手を放り捨てる。

なにかの儀式なのか、彼女は、ぱっぱっと空中で手を振った。

右上の虚空を見つめながら「な、なんなんだろーねー？　あの人ねー？」とわけわからんセリフを口にする。

「アレは――」

バイブ音。

妹から借りているスマホが震えて、一通のチャットが届いた。

ゆい『お話がありますお話がありますお話がありますお話がありますお話がありますお話がありますお話がありますお話がありますお話がありますお話がありますお話がありますお話がありますお話がありますお話がありますお話がありますお話がありますお話がありますお話がありますお話がありますお話がありま』

ぶーぶーぶー。

立て続けに、スマホが通知を発した。

登録した覚えのない連絡先から、同じ内容のチャットが何十件も送られてくる。

「本物のヤンデレだ」

学校の隣席に座る彼女から、どうすれば命を拾えるのかを考えなければならなかった。

その後、俺たちは、無事に学校へと辿り着く。

「本当にごめんなさい！」

生徒指導室で、俺は、やむを得ず一緒に通学したギャルのつむじを見つめる。

雲谷先生と俺に頭を下げた彼女は、目の端からこぼれ落ちた涙を拭って謝罪を繰り返した。

「あたしが、桐谷くんの下駄箱に髪と爪を入れました。ずっと彼のことが好きで、どうしても気を惹きたくて、気持ちを抑えることが出来ませんでした。ごめんなさい」

「……どうだ、桐谷？」

「どうだもなにも、犯人はコイツじゃないですよ。あのですね、コイツからは『気』が感じられないんです。俺の生存本能を掻き立てる瘴気が圧倒的に足りていない」

「桐谷、ちょっと来い」

先生と連れ立って指導室を出ると、色恋沙汰の経験豊富（皮肉）な教師は嘆息する。

「要するに、桐谷。お前は、あの子が自分のストーカーだとは思えない。そう言いたいんだな？」

「当然ですよ。だって、そもそも――」

「髪の毛の色が違う」

横から口を挟んできた水無月さんは、勉強用の眼鏡をかけていて、髪型をポニーテールに変えていた。

「アキラくんの下駄箱に入ってた髪の毛、アレは黒髪だったって話ですよね？　でも、彼女は髪の毛を染めているようですし……それに、爪だって、マニキュアが映えるように伸ばしている。アキラくんの下駄箱に、髪と爪が入れられたのは直近で二日前。だとすれば、彼女が自身の髪と爪を入れたと考えるのは難しいのでは？」

さも当然のように、急に出て来るのやめて？

「水無月、盗み聞きとは感心しないな。優等生の名が泣くぞ」

「先生を呼びに来たんですよ。朝のホームルーム、そろそろ始まりますから」

どうやら、教師の義務を失念していたらしい。

雲谷先生は「しまった」とささやいて、慌ただしく職員室の方向へと身体を向ける。

「すまん、桐谷。また後で話そう。衣笠《きぬがさ》！　放課後は時間があるか？」

「え？　ぁ、はい」

よほど怖いのか、ギャル——衣笠真理亜《まりあ》は、水無月さんを凝視して震えている。

「なら、放課後にあらためて。私は職員室に寄っていくから、お前たちは、直ぐに教室に向かえ。遅れるなよ」

「そういうことだ、遅れるなよ」

先生の裾を掴んで付いていくと、振り向いた二十七歳独身に軽く殴られる。

「話、聞いてたか？　先に教室に行け」

「やだやだやだぃ！　先生と一緒に行くんだぁい！」

一緒に行かないと、死ぬんだぁい！

「アキラくん」

ぎょっとするくらいの握力で、水無月さんは、俺と先生の繋がりを物理的に断ち切る。

「雲谷先生に、迷惑かけちゃダメでしょ……ね？」

眼力がすげぇッ！　視線で人を殺せる！

「衣笠ァ！　なにボケっとしてやがる！　一分後の俺たちの生き死には、この御方が握ってるんだぞ⁉」

「え、あ、え？　せ、せんせ！」

ようやく、危機的状況の最中にあることを理解したらしい。

飛び跳ねるように立ち上がった衣笠は、雲谷先生の前に飛び出して通せんぼする。

「う、雲谷せんせ！　あ、アイツ！　あの子、スタンガンもってるよ！」

このおバカ！　高度なヤンデレが、そんな初歩的なミス犯すわけないでしょうが！

「スタンガン？　どこに？」

ニッコリと笑った水無月さんは、余裕綽々の物腰で問いかける。

「え？　ぽ、ポケット、とか？」

ポケットを裏返し、両手を広げた彼女はニコニコと笑う。

「こらこら、衣笠、下らないことをするな。桐谷のバカに付き合ってやる必要なんて、どこにもないんだぞ?」

これから先生を呼びに行くのに、スタンガンを持ち歩くわけがない。

雲谷先生への訴えが無駄だとわかると、衣笠はこちらに向かって声を張り上げる。

「ちょ、ちょっと! 桐谷から、手、離しなよ!」

自分の足で、地雷撤去するとか正気か?

「……は?」

水無月さんは笑うのを止めて、首を傾げながら衣笠を睨めつける。

「はぁ?」

その短い問いかけに籠められている殺意は、常人が受けて耐えられる尋常のものではない。

たじろいだ衣笠は数歩後ずさり、救いを求めて俺のことを見つめる。

「水無月さん、助けて! あの女、俺のことを物欲しそうに見てくる!」

「た、助けようとしてあげたのに! あんた、裏切るの⁉」

いや、お前は、事態を悪化させただけだ。

「あ、アキラくん……か、可愛い……甘えちゃって……う、うん、ゆいの胸に、もっと頭、押し付けても良いよ……?」

あ、イケるわ! 生存ルート、ガッチリ摑んだわ!

命懸けで、俺は、水無月さんの両胸に頭頂部をねじ込む。

息を荒げながら大量に発汗し、人命救助活動に励んでいる俺は、先生の手によって死臭のする胸部から引き剥がされる。

「お、お前、桐谷、どうした？　急に、発情したアメリカンフットボーラーみたいなことして……ね、熱でもあるのか？」

「熱どころの騒ぎじゃないので、先生と一緒に行かせて下さい。桐谷家の家系図が、今後どうなっていくのかは先生の一存に委ねられました」

「わ、わかったわかった、お前の血統は保護してやる。もう、好きにしろ」

先生、大好き。愛してる（利用価値的に）。

生存本能と危機判断には長けているのか、騒ぎに乗じて衣笠は姿をくらましていた。

先生に縋り付いた俺は、職員室経由で教室まで向かう。

我が物顔で同伴する水無月さんの笑顔が、数時間前のものをコピペしたままみたいになってて怖かった。

「ほら、全員、席につけ。朝のホームルーム始めるぞ」

生死の狭間の綱渡りを達成し、曲芸じみたゴリ押しで俺は命を拾った。

模範的な優等生を気取っている水無月さんは、消費期限の存在しない笑顔を貼り付けたまま横に着席する。

授業中の突然死はないと知っている俺は、ご機嫌で鼻歌交じりに机の中を弄る。

指先で教科書の分厚さを判断し、一限目の教科書を取り出そうとして――

「ん？」

見覚えのない、真っ黒な弁当箱を見つけた。

『お兄ちゃん、ソレ、絶対に開けちゃダメ』

「え、なんで？」

午前中の授業が終わり、昼休みを迎える。

件《くだん》の黒い弁当箱をどう対処するか思い悩んでいると、ちょうど良く、淑蓮からの定期連絡が入っていた。

チャットで相談を入れると、直ぐ様、電話がかかってくる。

『十中八九、昨日のクソキモ信者からの贈り物だから。今日、迎えに行くって言ってたんでしょ？　さらうのにお兄ちゃんの意識はない方が都合良いし、私だったらベンゾジアゼピン系の睡眠薬を混入させておく』

俺は、政府要人か何かか？

「でも、気になるんだよ。午前中の勉強なんて、手がつかなくてさ。なにを狙ってるのか、水無月さんも絡んでこないし」

休み時間に入ると同時に存在抹消の手続きに入るかと思っていたが、不気味にも水無月さんからのアプローチは一切なかった。学校で日常生活を送っている彼女は、殊更《ことさら》に俺を意識せず、まるで問題のない常人のように振る舞っている。

『……擬態《カモフラージュ》か』

「え？」

『水無月先輩が、本気でお兄ちゃんを監禁しようと企んでるなら、絶対に尻尾を出さないようにするんじゃないかな。万が一にも、自分が犯人だと疑われないように、お兄ちゃんへの好意をひた隠しにしてるんだと思うよ』

「でも、先生の前では、そんなもん隠そうとしてなかったよな？」

『嫉妬心がコントロール出来ていないか……もしくは、私を相手にする時みたいに敵対視してるか……どっちかじゃないかな？』

「水無月さんが、雲谷先生を敵対視？　なんで？」

『わかんない。私からすれば、願いを叶えてくれる便利な道具としか思えないけど』

人の担任をひみつ道具扱いするな。

『てゆーか、お兄ちゃん。スマホの中身、ちゃんと見てくれた？』

「見た。さすがに、ブラコンにも程があると思うよ」

妹から「絶対に確認してね！」と言われていたマイクロＳＤカードの中には、数千枚の俺の写真が封入されていた。

『だって、私、お兄ちゃんのこと愛してるんだもん！』

その愛の重さ《バイト数》が、俺を押しつぶすからやめろ。

「数分ごとに、チャット飛ばしてくるのもやめてくれ。ブーブーブーブー、通知がやかましいんだよ。好きだの愛してるだの、兄に向けて良い言葉じゃないから」

『着信も聞いてくれた？』

数々の迷惑行為を改めるつもりはないのか、潑剌とした声が響いてくる。

「なにが悲しくて、電話がかかってくる度に、自分の『好きだよ』音声を聞かないといけないんだよ。しかも、アレ、『好きだよ』の次は『シチュー』だろ」

『普段から、どれだけお兄ちゃんのことを愛してるか知って欲しかったの！　ドキドキした？』

妹がぶっ壊れてる可能性が高まって、すんごくドキドキした！

「冗談も程々にしておかないと、山に妹捨てに赴くことになるからな？」

『はーい！　お兄ちゃんの言うことは聞きまーす！　そんな私のこと好き？　愛してる？』

「いや、別に」

カチカチカチカチ――カッターの刃を伸ばす音が響いて、過呼吸を起こしているらしい喘鳴が届く。

「好き。愛してる」

面倒なので、棒読みで告げる。

返答するや否や、耳に絡みつくような、ねっとりとしたささやき声が耳孔に侵入してくる。

「私もだよ……お兄ちゃん、好きぃ……愛してるよぉ……」

紛い物の愛に溺れるとは、哀れなヤツだ。

「じゃあ、切るわ。アドバイス、ありが――」

「ダメッ！　電話、切ったら、今直ぐに死ぬよ⁉」

全能感がすげぇ……指先ひとつで、直ぐにひとり殺せるわ。

「ずっと、通話状態にしてて。それで、耳元で『愛してる』ってささやいて。そしたら、私、良い子でいられるから」

教室に戻った俺は、ボイスレコーダーに『愛してる（棒読み）』と吹き込む。

リピート再生にしてから、机の中にスマホと一緒に放り込む。

「お、お兄ちゃん……し、幸せすぎて……わ、私、あ、頭おかしくなっちゃったかも……だ、だって、さ、さっきから、お兄ちゃんの声、全部同じに聞こえる……あ、頭の中で反響してて……す、すごいよぉ……」

妹は、扱いが楽で良いなぁ。

昼食の時間。

水無月さんは、生徒会室で生徒会メンバーと食べるのが常で、今日も教室にはいないようだった。

「やれやれ、やっと人心地だ」

真っ黒な弁当箱を置いて、俺は、机の上でその蓋を開いた。

「あ、やべ！　ナチュラルに、流れで開いちゃっ――」

大量の黒髪に血液を和えているものが視えた。

そっと、俺は蓋を閉じて、勢いよくゴミ箱へダンクシュートする。

「想像の斜め上を行くヤバさだったわ……ヤンデレを舐めてたわ……料理に混入とかいうレベルじゃないわ……胃にダイレクトに届くヤツだわ……」

黒髪１００％！（血液成分含有）

思わずダンクしたが、さすがに、教室のゴミ箱に捨てっぱなしにするわけにもいかな――視線を感じ、振り向くと、衣笠真理亜が立っていた。

「……………ソレ、捨てたの？」

「いや、捨ててない」

なんだ、この違和感？　今までとは、纏っている雰囲気が違うのか？

俺は、弁当箱を拾い上げる。

蓋がキツく閉まっており血液を吸って重みが増していたせいか、中身は殆ど散らばらずに済んだようだ。

回収して中をあらめていると、蓋の裏側に手紙が貼り付けられていることに気付いた。

『アキラ様へ。

本尊を迎えるに当たり、ボクの生気を含んだ部品をお送りしました。ぜひ、食して下さい。そうすることで、ボクの愛がアキラ様に伝わり、ボクがアキラ様の敬虔なる信徒であることに気づかれる筈です。

アキラ様、お慕いしています。愛しています。アナタ様への愛は神々しく、ボクを包み込んでいます。

ボクは、永遠《とわ》にアナタ様のお傍にいます』

頭からお尻まで読んで、俺は、フレッシュな納得感に感じ入る。

あ、この人、もう手遅れだ！

「ね？」

手紙を読み終えたタイミングで、衣笠はもじもじとしながらささやく。

「ちょっとさ……放課後、一緒に来てくれない？」

頬を染める彼女は——左手首に、白い包帯を巻いていた。

「……その包帯、怪我でもしてんの？」

「え？　あぁ、さっき、ちょっと擦りむいちゃって」

誤魔化すようにして、衣笠は、左腕を後ろに隠し微笑する。

「見せてみろ」

「え？」

「包帯、とって見せてみろ。結果次第では、一緒に行ってやる」

一瞬、ほんの一瞬だが、不穏な気配《ヤンデレオーラ》を感じた。

あの黒髪に和えられた血液は、目視でもわかるくらい瑞々しかったし、血を採取してからそう時間は経っていない筈だ。もし、コイツがこの弁当箱を仕込んだ相手なら、左手首を切った後に自分で手当てした可能性が高い。

「え、えぇ！　き、桐谷って、傷跡フェチ？　ちょ、ちょっと引くかも」

明るい色の髪の毛を掻き上げ、衣笠は戸惑いつつも、するすると包帯を解いて俺へと見せつける。

「お前、コレ……」

そこには――

「けっこー、痛かったんだよ？」

彼女の言うとおり、アスファルトで擦った痕が残っていた。

試しに皮膚を指先で擦ってみるが、違和感らしい違和感は覚えなかった。あの量の血液であれば、もっと、わかりやすく創傷が残っている筈だ。

「え、えと……き、桐谷、そ、その……は、恥ずいんだけど……」

一心不乱に腕を擦り続ける俺から視線を逸し、体温が上がっていく衣笠の肌が朱に染まる。

「なんだ、気のせいか。馬鹿らしい。所詮、お前はモブ中のモブだな。ビビらせやがって」

「え！　な、なんで、あたしが、そんなん言われないといけないの⁉　ひっどー！」

ぶーぶーと文句を垂れる衣笠が、自然な動きで俺の腕を抱き込み、意外と大きな胸を押し付けてくる。

「やめろ。水無月さんに見られたら、濃硫酸でひとっ風呂浴びることになるぞ」

引き剝がそうとすると、頰を膨らませて「むー！」と謎の唸り声を上げる。

「好きな人に、アピるのは当然じゃん。なんで、水無月に文句言われないといけないわけ？」

未だに現状を理解してないとか、どこの星の生まれだお前？

「衣笠は、俺のストーカーなんだよな？」

「え、うん。あたし、桐谷のストーカーだよ？」

教室で昼食をとっている同級生の視線は気にならないのか、俺にくっついているギャルはうそぶく。

「さっき、俺のことを好きだって言ってたが……ストーカー行為を行うことで、俺に嫌われるとは思わなかったのか？」

「だ、だって、ホントに好きだったし……き、桐谷のこと考えると、胸がドキドキして……そ、その……れ、冷静じゃいられなくなって……」

わからん。コイツ、何を考えてる？　この程度のヤツが、俺の下駄箱に髪と爪を入れるのか？

「その証言が本当だとしたら、あの下駄箱に入ってた黒髪はなんだ？　それに、十分に伸び切った爪は？」

俺が問いかけると、彼女はきょとんとして目を丸くした。

「え？　なんの話？　あたしの髪の毛……ほら、黒じゃないよ？　爪を入れたのも大分前の話だし、髪の毛だって数本入れただけだよ？」

自分の髪を一房つまんで、衣笠は俺に訴えかけてくる。

「……弁当箱は？」

愛情過積載弁当を開けて、中身を見せつける。

瞬間、衣笠は「きゃっ！」と悲鳴を上げ、俺に抱き着いて胸元に顔を埋めた。

「な、なにこれ⁉　あ、頭、オカシイんじゃないの⁉　け、警察！　警察に連絡した方が良いって！」

「コレは、お前が入れたんじゃないのか？　手紙に書かれていた文面からして、昨日、電話をかけてきた相手と同じ筈だぞ？」

「あ、あたしが、こんなことやるわけないじゃん！　コレ、誰かが真似してやってるんだよ！」

　おいおーい！　面倒くさいことになってきたぞーい！

「……水無月」

「なんだって？」

　確信を籠めて、衣笠は言い切った。

「あの子だよ！　だ、だって、あたしたちのこと、スタンガンで脅すような子でしょ⁉　人のせいにして、コレを送りつけるくらい平気でやるでしょ⁉」

　あながち、否定出来ねぇ！

「ほ、放課後、あたしに付いてきて！　身の潔白を証明してみせるから！」

　俺に縋り付いて、恐怖で濡れる瞳を向ける彼女は——どちらに転ぶのか、未だに判断がつかなかった。

＊

「水無月さん、ポニーテール似合うね！」

「ありがとう」

「どうして、急に髪型を変えたの？」

「……なんででしょうね？」

放課後。

隣の席で雑談している水無月さんから、手足を絡め取るようなねちっこい視線を向けられる。

愛情たっぷりに呪殺される前に、俺はそそくさと帰宅準備を整える。

「アキラくん」

誘導ミサイルかよ、コイツ。

「どこに行くの？」

受け答えの度に生死が懸かるから、疑問形を発しないで欲しい。

「とりあえず、雲谷先生のところへ。それから……気になることがあるんで、ちょっと友人の家に」

「衣笠真理亜？」

クラスメイトと立ち話しているというありふれた図式にもかかわらず、既に注目を集めている優等生は愛らしい顔立ちを歪ませる。

「ダメ、絶対に行かないで。わたしのお仕置き、まだ身に染みてなかったの？」

え、なに？　俺、何時の間にか、お仕置きされてたの？　あまりの恐怖で、記憶飛んでるとかだったら怖いんだけど。

「雲谷先生だって……危険人物かもしれないのに……」

危険人物は、お前じゃい！

「忠告は有り難いんですけど、アイツに疑惑を抱いたままっていうのもスッキリしないんですよね」

「そこまで、彼女に興味があるの？」

傍から聞いていれば、恋人同士の痴話喧嘩であるが、俺からすると生存択一ゲームである。

「いや、欠片もありません。ただの木っ葉《こっぱ》です。でも、ヤツに大事な物を盗まれたので、取り返さないといけないんです」

「アキラくんにとって、ゆい以上に大事な物なんて存在しな――」

「ゆいの写真です」

静かに、不沈のヤンデレは沈黙する。

一秒、二秒、三秒……ゆっくりと、水無月さんの頬が赤みを帯びて、両頬を手で覆った彼女は「う、嘘……」とささやいた。

「で、でも、そ、それが本当だとしても、ゆ、ゆいが取り戻すよ……あ、アキラくんは、ダメ……」

おっ、効いてる効いてるぅ！

「これでも、俺、彼氏ですから。大事な人の写真、取り戻そうと思ったら……ダメ、ですか？」

「だ、ダメだよ……」

攻勢に出た俺は、水無月さんを壁に追い詰めてささやきを吹きかけた。

首元まで赤くして目を逸した彼女は、ちらちらと俺を瞥見《べっけん》する。

「ぜ、絶対、ダメ……」

なんで、目を閉じるの？

「大丈夫。危険なことはしませんし、直ぐに、ゆいの元に帰ってきますから。それに、いざという時は、助けに来てくれるんですよね？」

「う、うん……」

唇を突き出すな。

了承を得たものとして、音を殺してその場を後にする。

目を閉じて現実から目を逸らしたまま、キスを待ち望むお姫様《ヤンデレ》を放置して職員室へと向かった。

結局、雲谷先生による生徒指導は、有耶無耶《うやむや》のままで終わった（俺と衣笠の供述が噛み合わない）。

衣笠真理亜に先導されて、俺は、彼女の家へと赴く。

「ココがあたしの家だよ」

住宅街の真ん中にあった、特徴らしい特徴もない住宅を俺は眺める。

「ふ〜ん」

一般住宅、マイナス１００ポイント。

「上がって上がって」

植木鉢の底にあった鍵を取り出し、扉を開けた彼女は俺を招き入れる。玄関で手早く靴を脱いで、俺の手を引っ張ってリビングまで誘った。

リビングには使用感のある小さめのテーブルがあり、壁に隣接しているタンスの上には家族写真が立てかけられていた。数ある調度品には、少なくともひとつは傷や汚れがついていて歴史を感じさせる。

「桐谷、なにか飲む？　あんまり、大したものは用意出来ないけど」

「温かいお茶で……トイレ、借りても良いか？」

「あぁ、うん。どーぞ」

廊下に出た俺は、忍び足で階段を上がり、見当をつけて『衣笠の部屋』の扉に手をかける。

既に証拠隠滅していたとしても、彼女がヤンデレであるならば、隠しきれなかった証拠が残っているかもしれない。

よし、開け――

「桐谷」

背後から声が聞こえ、振り向くと、笑顔の衣笠が立っていた。

「トイレ、そこじゃないよ?」

「……間違えたんだ」

なんで、足音消すの? 忍者なの?

「良いよ、誤魔化さなくてさ……あたしの部屋、興味あるんでしょ? ほら、見て良いよ」

そう言って、衣笠は扉を開け放つ。

目の前には、なんの変哲もない女の子の部屋が広がっていた。

「ど、どう? なんか変?」

自分の部屋を見られる気恥ずかしさで、身動《みじろ》ぎしている彼女を見てホッとした。

さすがに、俺の考え過ぎだっ――飾られている家族写真を見つけ、頭の中に警報音《アラーム》が鳴り響く。

「あ、あの、衣笠、さん?」

「なに?」

押さえつけるようにして、俺の両肩に衣笠の爪が喰い込む。

「間違えだったら、アレなんですが……」

ぐるりと、俺の視点が反転する。

視線の先には、衣笠がいて。

その後ろに立っている黒尽くめの少女は、長い黒髪で顔を覆い隠していた。

「どうして、家にある全ての家族写真に、アナタが一枚たりとも映ってないんでしょうか？」

「ココが、あたしの家じゃないから」

微笑した衣笠は、俺にささやく。

「黙って付いてきてくれるよね、アキラくん？」

両手を挙げて、俺は愛想よく笑った。

＊

「……やられた」

水無月結は、誰もいない放課後の教室でささやいた。

彼女がもっているのは、桐谷彰の机の中から取り出した真っ黒な弁当箱――蓋裏の手紙を読み終え、自身が犯したミスを悟る。

「わたしが入れた弁当箱を逆に利用された。お仕置きのつもりだったのに、アキラくんが無反応だったのはそういうことか」

正確にいえば、結がお仕置きと称して入れたのは『髪の毛だけ』である。

血液をふりかけた記憶はないし、蓋の裏に手紙をつけた覚えもない。ストーカーに対するアキラの恐怖心を利用し、ちょっとした脅しをかけるつもりで、自分の黒髪を切って弁当箱に詰めたのだ。

　もし、その弁当箱が他人の目に入って大事になった場合、疑いの目が自分へと向かないように、わざわざ髪型をポニーテールにして髪のボリュームも誤魔化した。

　日頃の行いは優等生そのものなので、まず、ストーカーに罪をなすりつけられるだろうと高をくっていたのだが……逆に、利用されてしまったようだ。

　無言で、結は思考を巡らせる。

　わたしが弁当箱を入れたのは、昼休み前。だとすれば、誰かが目を盗んで、弁当箱に血液を入れたことになる。

　衣笠真理亜の犯行であろうことは、容易に想像がついた。

　だとすれば、この血は宣戦布告。わざと弁当箱を処理しなかったのも、こちらを煽っているのだろう。

「……左腕の包帯」

　血液の入手ルートとして、結は彼女が左腕に巻いていた包帯に着目する。

　間違いなく、アレは虚構《ブラフ》。わたしの弁当箱を利用して、彼の信用を勝ち取るような狡猾な人間が、そこまで初歩的なミスを犯すわけがない。だとすれば、アレは左腕へと着眼を惹くための陽動《フェイク》。

　実際に傷があるのは、右手首だろうか——いや、違う。彼女の右手首には、傷らしい傷は見当たらなかった。

注射器を使うのは、デメリットが大きすぎる……傷を隠す方法があるのかな……？

殺意を押し殺しながら、淡々と推理を進める結の腰元が震える。

着信に応えて、彼女はスマートフォンを耳に当てた。

『ファンデーションテープですね』

兄の帰りが遅い——死にかけの動物を思わせる声を出した桐谷淑蓮は、事情を聞くとそう断定した。

『傷跡隠しテープともいわれる市販品ですよ。普通のシールみたいに肌に貼れて、一週間は効果が持続します。一種の人工皮膚みたいなもので、リストカット痕くらいなら簡単に隠し通せる。まー、水無月先輩みたいなぁ、お兄ちゃんへの想いでリスカしようなんて考えたりもしない、完璧すぎるがゆえに愛情不足なお人が知らないのも無理はないかなぁって』

なるほど、真新しい包帯を巻いた左腕に注意を惹いて、実際に触らせることで信用を得る。

実際には右腕にあった創傷は、ファンデーションテープで隠していたのか。

納得しつつ、結は笑顔でスマートフォンを持ち替える。

「仲良しでもないんだから、余計なおしゃべりは要らないよ？　で、どうするの？　わたしは、あの子に消えてもらうことにしたけど」

結の問いかけに、唸り声が返ってくる。

『共同戦線を張ろうって話ですか？』

「その確認、必要？　まともに頭回ってるなら、イエスかノーかでお返事出来ると思うけど」

もちろん、使えるだけ使ったら、用済みとして縁を切るけどね。

『ま、良いですよ、組んであげても。今回のは、たぶん、水無月先輩レベルでヤバイですから。偽造工作の念の入れ方、水無月先輩の出し抜き方、そしてなによりも私の排除リストに名前が載っていないという事実……今、最も、お兄ちゃんに近づけたくない人物です』

「確かに、注視するだけの価値はあるかもね。今でも、アレが、アキラくんに付き纏ってたストーカーだとは思えないし」

たぶん、衣笠真理亜には、まだ隠された秘密がある。

その秘密を隠し通したからこそ、こんなにもあっさりと出し抜かれたんだ。

『「疑わしきは罰せよ」、ですよ。水無月先輩』

『疑わしきは罰せず』を攻撃的に改変し、淑蓮は感情の籠もっていない声で続ける。

『髪と爪なんて、幾らでも都合がつけられますよね？　その可能性がある以上、先輩は「彼女がストーカーじゃない」と断じるべきじゃなかった』

「ストーカーだと断じて、アキラくんが素直に謝罪を受け止めたら、彼女とアキラくんの距離は良くも悪くも近づくことになるでしょ。矛盾しきったことを喚《わめ》き続けるアホの方が、得体が知れなくて関わる気が失せると判断したの」

『その耄碌《もうろく》した判断力のせいで、まんまとお兄ちゃんを連れ去られたと？　ハニートラップに弱すぎですよ、水無月先輩』

「実際に、アキラくんに迫られてみればわかるよ」

通話しながら、結の手はアキラの机を撫で続けている。

あのひと時を思い出しただけで、恍惚として頭が桃色に霞むのを感じていた。

『で？　その女、消すにしても処理出来るんですか？』

「入手した四月の身体測定によれば、見た目通りの細身で体重は４９キログラム。骨格も細そうだから、道具次第でなんとでもなるよ。入手が容易な苛性ソーダで溶かすにしても、強塩基で処理出来ない骨や歯は砕いて混ぜて……そう手間はかからないでしょ。まぁでも、将来のアキラくんとの生活の前にリスクは抱えたくないから平和的に飼育の線かな」

アレコレ想定していると、通話口の向こうから苦笑が聞こえてくる。

『まぁ、どうぞ、お好きに。お兄ちゃんを取り戻せれば、私はそれで満足ですから』

その一言を最後に電話が切れて、結は鞄の底に隠したスタンガンの出力を確かめる。

「待っててね、アキラくん。アナタの愛するゆいが行くよ」

床に落ちていたアキラの髪の毛を拾い上げ、結は、愛おしそうに嚥下《えんげ》する。

足取り軽やかに、彼女は、職員室へと向かっていった。

＊

俺の目の前で、黒尽くめの少女は右へ左へ……短い横断を繰り返していた。

自作感あふれる祭壇の前をウロウロしながら、ブツブツとなにかつぶやいている。

「あ、アキラ様を……お、お迎えしたら……ま、まずは、聖水で身を清めて頂き……そ、それから、不浄な腸《はらわた》を取り除き……」

おっと、俺はお魚さんかな？

「なぁ、ちょっと良いか」

「あ、あぁ……！　あ、アキラ様……は、はぁあ……！」

俺が呼びかけると、彼女は平身低頭して拝んでくる。

意図的に作っているらしいガラガラ声で、よくわからない拝み言葉を口にしていた。

「俺は、神だよな？」

「も、もちろんでございます……ぼ、ボクにとって、アキラ様は……か、神と同じで――」

「うどんが食べたい」

目を閉じて――神となった俺は、施無畏印《せむいいん》と与願印《よがんいん》を作り神託を授けた。

「うどんが……食べたい……」

慌てて駆け出した彼女を見守り、俺は神《ヒモ》としての勝利を確信していた。

数十分後、アツアツのうどんが現着する。

「今、何時？」

うどん（関東風）を完食してから尋ねると、黒髪で顔を隠している少女は部屋から退室し、戻ってきた瞬間に「２０時です」と答える。

「頃合いだな。んじゃあ、そろそろ、始めようぜ」

「な、何を……でしょうか……？」

「水無月さん対策会議」

彼女は、きょとんとして呆ける。

「俺は決めた。うどんも美味かったし、ココで神《ヒモ》として君臨するとな。まぁ、難点を挙げれば、うどんが関東風だったことだが」

「い、いえ……か、関西風で作りました……血を入れたので……し、汁が黒っぽくなったんじゃないかなと……」

美味過ぎて、汁まで飲みきったんだが？

「そ、それで……み、水無月結対策会議とは……な、なんなのでしょうか……アキラ様……？」

「いや、だからな、水無月さんとかいう執着心の塊は、必ず本尊である俺のことを取り戻しに来るんだよ。それを如何にして阻止するかが、俺たちの今後の目標となる」

「と、留まって下さるのですか⁉」

窓も扉も有刺鉄線で封鎖しといて、どの口でほざいてんの？

「で、でしたら！　さ、早速、腸《はらわた》抜きを――」

「待て」

どこからともなく、調理用包丁を取り出した黒髪は、病的に目を光らせながら首を傾げる。

「お前は、神である俺が好きなんだよな？」

「こ、好意など、そんな大それた感情はもっておりません！」

包丁を振り回すのだけはやめて。

「言い直そう。お前は、神である俺を崇拝している……そうだな？」

「も、もちろんです。こ、この信仰心に疑いなど御座いません」

「そのアキラ様が、ココに留まりたいと言っているんだぞ？　わざわざ、本尊化する必要があるのか？　生《なま》アキラ様のままで、ココでお暮らし頂いた方が良いだろ？」

「で、ですが……は、腸は不浄で――」

「現人神であられる俺の腸が不浄だと⁉　本気で言っているのか⁉」

立ち上がって怒鳴りつけると、お腹に包丁の先が当たったので「怒ってない。怒ってはないからね？」とささやいて座る。

「俺の腸は、至って清浄《クリーン》だ。健康そのものだし、毎朝ヨーグルトも食べてるから、腸内環境は実に素晴らしいものなんだ。わかるか」

「お、お言葉ですが……そ、それでは、ぼ、ボクの作った教義が……」

「教義は、神である俺が決める。当たり前の話だ」

いやー、余裕余裕ぅ！　コレで、コイツは俺の奴隷に成り下が——

「偽物だ」

「ん？」

ゆらゆらと刃物の切っ先を揺らしながら、俺を透かして祭壇を凝視している彼女はつぶやいた。

「ほ、本物のアキラ様は……ぼ、ボクの教義を否定するようなことは絶対に言わない……お、お前は偽物だ……！」

あ、なるほどぉ！　俺は、桐谷彰じゃなかったんですね！

「ごめんなさい、調子に乗りました。毎朝、ヨーグルトを食べるとか嘘です。実は、あんまり好きじゃないです」

後ろに下がりながら詫びるが、黒髪少女は尚も俺に歩み寄ってくる。

「せ、聖地に……不浄なる者の存在を赦《ゆる》してしまった……あ、アキラ様にどうお詫びすれば……ざ、罪人の血をもって償わせなければ……」

詫びなくても赦すから、お前も赦せよ。

俺の背中が壁について、彼女は腰元でしっかりと包丁を構え、突進からの刺突の姿勢を見せる。

下腹部にある腸狙い、殺意高めのファイティングポーズだった。

このままでは、俺というかけがえのない命が失われる——死に際に追い詰められた俺は「うっ！」と呻いて最後の賭けに出た。

「うっ……うぅ……うぅう……で、出て行け！　俺の身体から、出ていけぇ！」

その場で横転した俺は、叫声を上げて床を転げ回る。

黒髪の少女はその様子を観察し、攻撃の機会を逸して立ち尽くしていた。

「ど、どうにか勝てたか……！　我が信徒を介して生み出した教義を蔑《ないがし》ろにするなど言語道断！　今、この聖の波動をもって神を騙《かた》る悪は滅び去った！」

死闘を潜り抜けた漢《おとこ》を模して、ふらつきながら立ち上がると、窺っていた彼女はそっと呼びかけてくる。

「も、もしや……あ、アキラ様……？」

神性を帯びているように見せかけるため、俺は余裕めいた笑みを浮かべた。

「如何にも、神《アキラ》である。どうやら、悪しき霊に憑かれていたようだな」

「あ、アキラ様……よ、良かった……！　きょ、教義を否定なさるので、何事かと……悪しき霊に御神体を奪われていたのですね……！」

あ、良かった。この設定でイケるわ。

「生まれ変わったこの俺は、アナタの教義を否定することのない真のアキラである。だから、殺したりする必要なんてないんだよ」

安心させて筋肉が弛緩した瞬間、俺は、思い切り彼女の手首を蹴り上げる。

円弧を描きながら包丁は宙を飛び、からんからんと音を立てながら床に転がった。

武装放棄を終えた瞬間、その目に警戒色が過《よぎ》った。

直ぐ様、更に距離を詰めた俺は、両手を押さえつけるため彼女を強く抱きしめた。彼女のうなじにあるホクロを眺めながら、俺は、優しい微笑を浮かべる。

「神の抱擁である。しかと受け取るが良い」

「お、お褒め頂けるのですね……な、なんと光栄な……！　ぉ、ぉお……！　善性の気が、裡《うち》に高まるのを感じます……！」

悪性の間違えだろ。

「アナタが教義を守り続け、善であれば、俺は現世《うつしよ》にて神であるだろう」

俺は、ニッコリと笑った。

「共にアキラの世を創ろうではありませんか？」

アキラ教の設定《ルール》を守りつつ、コイツの操縦方法を完全に掌握する。攻略の糸口さえ掴めば、一生、敬われ続ける神でいられる。

「は、はい……も、もちろんでございます……！」

たったの一度でも、勝機を見出だせればソレで良い。

凶器を奪い驚喜を操り恐気《きょうき》を御し、俺は誰からも関与を受けない永住の地を見い出す。

死か生か《デッド・オア・アライブ》、虎穴に入らずんば虎児を得ず、常に勝負に出なければ死ぬまでヒモなんて土台無理な話だ。

「……俺は、神《ヒモ》になる」

伸《の》るか反《そ》るか——人生は、常に二択だ。

＊

『水無月先輩、タイムリミットは今日までですよ』

「わかってる」

『居所の推測は？』

「……つかない」

結の声に焦りが混じる。

衣笠真理亜がアキラを連れ去ってから、丸一日が経過していた。

『日曜の次は月曜日……登校が始まって騒がれる前に、ヤツは間違いなく拠点を移動する筈です。それまでに、お兄ちゃんを確保しないとゲームオーバー。職員室で、衣笠真理亜の住所を聞き出せなかったんですか？　優等生の先輩なら、幾らでも方法はあ――』

「『衣笠真理亜』は、実在していなかった」

数秒後、衝撃から覚めたらしい淑蓮の驚きが届く。

『……あの女、偽名を名乗ってたってことですか？』

「正確に言えば、この学校には同じ読み方をする名前の女の子はいた。『衣笠麻莉愛《まりあ》』っていう一年生。たぶん、その子は、『衣笠真理亜』を騙るあの女の後援者《パトロン》……自分自身を生贄《スケープゴート》にするくらい盲信的な自己犠牲精神をもっているようなのが背後《バック》にいたってこと」

雲谷先生は、飽くまでも『2―C』の担任だ。担任を務めているクラスの生徒の名前と顔ならまだしも、全校生徒の顔と名前を一致させられるわけではない。

先生の性格的に、匿名で電話してきた女の子の素性を探るような真似はしないだろうし、正面から謝罪に来ている二年生のリボンをつけている彼女が『一年生の女の子の名前』を騙っているとは思いもしなかっただろう。

『でも、衣笠麻莉愛が衣笠真理亜の……あーもー、姓も名も読みが同じって、ややこしくて面倒くさいな』

「麻莉愛を一年生、真理亜をクソ女って呼称したら？」

『良いですね、それでいきましょう。一年生がクソ女の熱烈な共鳴者《シンパ》だったとしても、なんでわざわざ、クソ女は同じ読みの「衣笠真理亜」なんて姓名を名乗ったんですか？　こうやって、ちょっと調べられたら簡単に一年生の身元が割れるじゃないですか』

「合理的に考えれば、確かにバカがやることでしょうね。でも、たぶん、情動的には間違えてないんじゃない？」

『つまり、クソ女は「衣笠真理亜」を名乗ることにこだわりがあったってことですか？　一年生の身元が割れて、重要な情報が漏れるかもしれないとわかっていても？』

「クソ女は、決して頭が回らないバカじゃないからね。わたしの黒髪弁当を利用した手口からしても、こうやって一年生の身元が割れることは承知の上で『衣笠真理亜』を名乗っていたとしか考えられない」

『……学校教育施行令第20条があるし、生徒の住所は校長が管理してる筈ですよね？　氏名が割れてるんだから、水無月先輩なら校長室から適当にちょろまかせるでしょ？　登録されている住所に住んでいる一年生からは、なにか聞き出せなかったんですか？』

「今は、北海道に旅行中らしいよ。ただの土日なのにね」

電話口の向こうから、爪を噛む音が聞こえてくる。

『お兄ちゃんに仕込んだスマホは、机の中に放置されっぱなしです。幾らGPSの精度が良くてもどうしようもない』

「無人航空機《ドローン》は？」

兄のストーキングに使われていた淑蓮の無人航空機は、アキラがさらわれた金曜日の時点から捜査に駆り出されていたが、その空中からの目をもってしても未だに芳しい成果を上げられていなかった。

『ダメです。家から一歩も出ずにカーテンを閉め切られたら、どう足掻いたところで見つけられません。人口密集地区の上空で飛ばすのは航空法に抵触していますから、そろそろ通報が入ってもおかしくないですね』

「つまり、使えない？」

無言の肯定が返ってくる。

「……情報、何か隠してないよね？」

『えぇ？　どうして、そう思うんですかぁ？』

人をおちょくるような甘ったるい声が聞こえ、結は右から左へと受話器《スマホ》を移動させる。

「ブラコンの淑蓮ちゃんが、玩具《ドローン》を飛ばすだけで、満足するわけないなって思ったから。他にも、なにかしてるよね？」

『いいえ、別に』

ほんの僅かに声質が変化した――生まれもったカリスマ性、培ってきた人心掌握術、二年生の時点で現生徒会長よりも人望を集める結にとって、相対している相手の微かな動揺を察知するのは造作もないことだった。

「……そう、わかった。何か情報があれば連絡して」

『ええ、もちろんです。それじゃあ』

電話が切れて、結は微笑む。

「さて」

スマホの画面をフリックし、彼女は、隠し撮りされた衣笠真理亜の写真を見つめる。

「淑蓮ちゃんは、まだ調査段階か。陽動《フェイク》は十分、あの子が真理亜に辿り着くまで時間はある」

つぶやいて、彼女は歩き始める。

「人相が割れてれば、幾らでも所在を調べる方法なんてあるのよ。憶えておいてね、淑蓮ちゃん？」

優等生の立ち位置を巧妙に利用し、覚えの良い教師から真理亜の住所を入手していた水無月結はその居所へと向かっていった。

＊

「ま、自分自身の位置情報がバレてるとは思わないよね」

ふわふわのニットに、デニムのショートパンツ。

移動に備えた簡易コーデに身を包んだ淑蓮は、お洒落用のサングラスをずり下げ『水無月結』を示す点《ポイント》を見つめた。

「水無月先輩の弱点は、間違いなくお兄ちゃん。意識の念頭に『桐谷彰』がいるから、私がGPSで監視するのはお兄ちゃんだけだと思い込んでる。考え方が甘すぎて、尿に糖が出ちゃいそうだよ」

甘ったるいマンゴージュースを啜りながらつぶやくと、彼女の整った容姿に惹きつけられた男性が声をかけてくる。

「あのさ、今って時間あ――」

「殺すぞ?」

満面の笑みを浮かべ、愛らしい美少女は言った。

「私の聴覚は、お兄ちゃんのものだ。許可なく使用するなら、殺すぞ?」

剣呑な言葉を吐いた彼女から慌てて距離をとり、男性は「頭オカシイよ、アイツ!」と怯えながら仲間の元へ逃げ帰る。

「そうだね。それが、フツーの反応だよ」

全身を紅潮させながら、淑蓮はニットの下に着込んでいるアキラのTシャツを直《じか》に肌で感じた。

「でも、お兄ちゃんは違う……あの人なら、私の愛情でさえも受け止められる……特別、特別なんだよ……」

淑蓮はうっとりとしながら、動き続けている所在点《ポイント》を見つめる。

結がアキラと入浴している間に、彼女のスマホに仕込んでおいたＧＰＳ。その指し示す位置情報は、彼女に勝利がもたらす陶酔感を与えてくれていた。

「頑張ってね、水無月先輩。私という真の勝者を生み出すために、汗水垂らして位置情報を献上してね」

空になった容器を捨て、淑蓮《ヤンデレ》は静かに動き始めた。

＊

「桐谷、はい、あ～ん」

カットされたリンゴが、口元へと運ばれてくる。

笑顔の衣笠から逃れるようにして、俺はリンゴが刺さったフォークから顔を背けた。

「ちょっと、なに？　なんで、すねてんの？」

甘えるように密着してくるが、この女の本性を知った今となっては、受け入れてやるつもりは毛頭なかった。

「ね～、桐谷ぃ～」

「黙れ、魔の使いが。丁度良いぶら下がり先を見つけてもらったのは有り難いが、俺のことを騙したのは疑いようのない事実だ」

「それはごめん！　ちゃんと謝る、ホントにごめんなさい！」

　ごめんで済んだら、ヤンデレはいねぇんだよ。

「こちとら、朝の礼拝とか言われて、結跏趺坐《けっかふざ》の状態で三時間も祈りの言葉を捧げられてんだぞ？　疲れを通り越して、悟りを開きかけとるわボケが！」

「け、結跏趺坐は、ノリノリで自らやってたよね……？　というか、昨日はどこで寝てたの？あの子が夜中に『本尊が消失を遂げられた！』とか騒いで大変だったんだけど」

「床下だ」

「えっ」

「そこの押し入れの中に、布団と古い工具セットがあったからな。畳と床材を剥がして、床下に布団を敷いて寝た。寝込みを襲われて、腸《はらわた》されたら困るしな」

　衣笠の笑みが凍りつく。

「そ、そこまでやる？」

「そこまではやってない。最初は祭壇と有刺鉄線でバリケードを作ろうとしたが、反感を買いそうだからやめた。俺は女性に対して、気が使える男なんだ。ヒモの嗜《たしな》みだよ」

「え、えぇ……」

　人のこと拉致監禁しといて、なにドン引きしてんだコイツ。

「と、ところでさ、床下で、あの、変なもの見つけたりしなかったよね……？」

床下にあった骨董品らしき手鏡と日記帳を懐から取り出し、衣笠に金銭的価値があるかを尋ねようとしていた俺は——懐から空手《からて》を出し、次いで、床に落ちている『白雪姫』の絵本にホコリが積もってないことを確認し——頭《かぶり》を振った。

「いや、なにも」

「そ、そう。なら良いんだけど……というか、そもそもさ、本当にあの子のヒモになる気してるの？　私が言うのもなんだけど正気？」

「素人が」

俺が吐き捨てると、衣笠は「どういうこと？」と疑問を上げる。

「まず、アイツが、俺を刺す確率は三割程度しかない。昨日、俺を刺せなかった時点で、ヤツには迷い刺しの状態が表れている。というより、昨日のアレは、ただの演技だった可能性が高い」

「……なんで、そう思ったの？」

露出の高い私服を着ている衣笠真理亜は、フォークを下げて顔を伏せた。

「最初から、凶器を帯びていたからだ。初めは、俺を本尊化するために包丁を持ち込んだかと思ってたが、ヤツは『まずは、聖水で身を清めて頂き』と言っていた。アレだけ教義に拘っていたアイツが、聖水による浄化も終わらないうちに賜するとは思えない」

すらすらと、俺は彼女に答える。

「神である俺との謁見の場に、必要のない凶器を持ち込む無礼が許されるのは腸抜きを行う時だけ……そして、その腸抜きは聖水による清めが前提条件となっている。そう推測すれば、あの包丁は『俺を脅すため』に持ち込んでいたと考えるのが自然だ」

「……桐谷って、案外、頭良いの？」

「いや、良くはない。命の危機に陥り、かつ頼る相手がいない場合にのみ、頭の回転率が上がる気がする。つまり、拉致場の生存本能《対ヤンデレスキル》だ」

ヒモにのみ使用を許された、ユニークスキルとも言えよう。

「ね、桐谷」

顔を歪めた衣笠は、そっと俺の手を握る。

「桐谷の推測通り、アレは私があの子に指示して持ち込ませたものだよ。だからね、あの子の愛情は歪んではいるけど、アナタを傷つけようとする程壊れてはないの」

お前、拉致監禁が、相手を傷つけないと思い込んでねーか？

「桐谷、ココから出たい？　出たいよね？　あの子、何するかわかんないもんね？」

「いや、別に」

「ココから出る方法はひとつだよ」

話、聞けよ。

「私に恋をして」

潤む瞳の中に俺を監禁した衣笠は、必死の形相で正面から俺に抱き着いた。柔らかな膨らみが胸元に当たり、心地の良い暖かさが俺の全身を包み込む。

俺の視線が下がり、彼女のうなじを捉えた瞬間――気づいてしまった。

「お前……まさか……」

「桐谷、お願い！　一生懸命、お世話するから！　愛さなくて良いから！　私に恋をして！　恋をしてるって言っ――」

バイブ音が、決死の訴えを止める。

床に置かれていたスマホの画面が灯り、愕然とした衣笠は着信に応えた。

「もしもし、どうし――えっ？」

「スピーカーにしろ」

俺の指示通り、彼女は震える手でスピーカーをオンにした。

『み、水無月結が、そちらに向かっています！』

聞き慣れない女の子の声が、拡声されて部屋中に響き渡る。

「そんな、有り得ない……偽造工作は完璧なんだよね？」

『は、はい！　アキラ様に誓って！　水無月結に偽の住所を知らせた教師は、我々の同士ですから裏切ることは有り得ません！』

俺の管轄外で、信者を増やすのやめてくれる？

「だ、だとしたら、なんでバレたの⁉　どうして⁉」

『わ、わかりませ――』

モノとモノがぶつかる音、荒い呼吸と叫び声、何らかの攻防が行われていることを示す雑音《ノイズ》がスピーカーから吐き出される。

突然――電話口から、何も聞こえてこなくなる。

一秒、一秒、また一秒……音はやんだまま、沈黙が場を支配する。

息を呑んだ衣笠は、右手を握り込み、長い爪が手のひらに食い込む。

彼女は、一筋の汗を垂らし、その攻防の行く末を推し量ろうとして――

『見つけた』

水無月さんの堂々たる宣告と共に電話が切れた。

「き、桐谷！　行くよ！」

「お、おい！　下手に移動しない方が――」

「位置がバレてる！　このままじゃ、水無月に桐谷を奪われちゃう！　あの子はまだ、想いを伝えてないのに！」

パニックに陥った衣笠は、頭の中に浮かんだ感情をそのまま言葉にしているようだった。

緊張と恐怖によって、ガタガタと震えている彼女は俺を引っ張り、有刺鉄線と南京錠を解除して外へ出る。

「あっ」

そして、コチラを見つめている無人航空機《ドローン》と目が合った。

＊

「見つけた！　目星通り、ビンゴ！」

思わず、淑蓮は歓喜の声を上げる。

結の行先を中心として、半径二十五メートルの円内を周回させていた無人航空機《ドローン》が、ついに捜索相手《アキラ》を見つけ出した。

こんこんと喜びが湧いてくるが、直ぐに問題点が浮かび上がってくる。

でも、遠すぎる……っ！　尾行が気づかれないように、水無月先輩と距離を開けすぎた……！

舌打ちし、彼女は、スマホを開いて結を呼び出した。

「水無月先輩、見つけたよ！　位置は――」

位置情報を送りつつ、淑蓮は既に駆け出している。

「ふたりで争ってる間に、お兄ちゃんを奪い去る。発情してるバカメスどもを横目に漁夫の利だ。待っててね、お兄ちゃん！」

三者三様のアキラ争奪戦は、ひとつの結末を迎えようとしていた。

＊

「動くな」

無人航空機《ドローン》に気を取られていた俺たちは、背後から迫っていた水無月さんの気配を察知することが出来なかった。

勝利に酔っている彼女は、衣笠の背中に貼り付いて笑みを浮かべる。

「アキラくん、助けに来たよ」

俺は、壊れたお前を助けてやりたいよ。

「……どうして、ココがわかったの？」

家の塀を乗り越えて来たらしい水無月さんは、スタンガンを衣笠の首筋に当てたまま平然と答える。

「当然、所在なんてわかってなかったよ？」

「どーゆー意味？」

水無月さんは、ニッコリと笑った。

「ハッタリ。尾行されてるのはわかってたから、手鏡で後ろにいる追手を確認しつつ、その都度、反応を見て進む方向を決めてただけ」

将来の夢は、スパイかな？

「だとしても、正確な位置は――」

「お兄ちゃんから離れろ、サイコ女」

息を荒げている淑蓮が、曲がり角から姿を現す。

殺意満面だった妹は、俺を視認するや否や、満面の笑みを浮かべて駆け寄ってくる。

「お兄ちゃん！　私、頑張ったよ！　褒めて！　抱っこして、チューーして！　結婚して！　私、何されても良いから！　お兄ちゃんにならら、殺されても本望だから！」

「淑蓮ちゃん、ストップ」

水無月さんの呼びかけに、妹は足を止め舌打ちで応える。

「なんですか？　位置情報を伝えてあげたの、どこの誰だと思ってるんですか？」

「あの無人航空機《ドローン》、お前のかよ。面白そうだから、今度貸して」

「お兄ちゃんにならら、あげるよあげる！　私の全部、あげる！」

やったー！　妹の臓器、売り払っちゃうぞー！

「さっきの『見つけた』は、あたしと桐谷を外に誘き寄せるための嘘《ブラフ》か……アハハ、やるじゃん」

「ねぇ、アキラくん。衣笠真理亜《コレ》、どうする？　とりあえず、溶かす？」

衣笠真理亜《ヒト》を片栗粉みたいに扱うな。

「あと、ゆいの忠告を聞かなかったアキラくんはお仕置きだよ？　一週間は、ゆいの体液以外、口に出来ないと思ってね？　あ、でも、コレじゃご褒美か……ごめんね、アキラくん」

体液は最高のスパイス！

「先輩に言っておきますけどー、またお兄ちゃんを連れ去るようなら、こちらにも考えがありますよぉ？」

「え？　淑蓮ちゃん如きに、なにが出来るの？」

通報。

「貴女を殺せる」

ダメだわ。思考回路が殺意と直結してるわ。

「でも、その前に、主犯の末路を決めなきゃダメですよね。お兄ちゃんをさらっておいてお咎めなしとか、誰も赦したりしませんよ」

「俺は、普通に赦してるけど」

「アキラくん、当事者には聞いてないよ」

嘘だろ。

「……さて、どうしよっか」

水無月さんの眼光が、陰影の中で鋭く研がれていく。

寸分の躊躇いもなく、スタンガンの出力が最大まで上がり、空中放電のスパーク音が殺意のメロディを奏でる。

最早、抵抗する気はないのか。

衣笠は、諦めたように目を閉じて——俺は、水無月さんの手を掴んだ。

「アキラくん？　良い子だから、手、離して？」

眼の死に方がスゲぇッ！

「ゆい。コイツは、主犯じゃありません。真犯人《ヤンデレ》は別にいる」

「誰？」

短い問いかけを受け、俺は真っ直ぐに、さっきまでいた家の中を指差す。

「犯人は、この中にいる！」

この調子で時間稼いで、水無月さんから逃げよっと！

「俺が今から、そのクソ野郎を呼んできますよ！　待ってて下さ——」

「アキラくんは、待て《ステイ》。アナタ、呼んできてくれる？」

ひゅーっ！　早速、計画が破綻したぜ⁉

スタンガンで小突かれた衣笠は一時的に解放され、唯々諾々と命《めい》に従って敷居を跨いだ。

「アキラくん！」

衣笠真理亜が消えた瞬間、後ろから水無月さんに抱き締められる。

興奮で息を荒げている彼女は、真顔になった俺の首を舐め回し始めた。

「好き……アキラくん……愛してる……んっ……アキラくん……アキラくん……！」

ちゅっ、ちゅっ、とリップ音が鳴っている。

犬歯で首筋の血管を食い破った彼女は、あふれ出た血液を美味そうに啜る。

「ぁあ……！　お、美味しいよ、アキラくんの命……！　ご飯にかけて、食べたいくらい……！」

アキラは、うごくふりかけにランクアップした！（効果音）

「お、お兄ちゃんに触るな……！　さ、さわ、触るな……！」

このままでは、妹が人ではなくなってしまう！

「ん～？　なぁ～に～？」

スタンガンで牽制しながら、ニコニコとしている水無月さんは、俺の全身を両手で弄り首元を舌でちろちろと舐める。

「お兄ちゃんに――」

「アキラ様に触るなァ！」

玄関から飛び出してきた黒髪の少女は、勢い良く頭から水無月さんに突っ込む。

スマイル１００％で俺の血を貪っていた吸血鬼は、急襲を受けて体勢を崩し、黒髪少女と取

っ組み合いながら団子になって転がった。

「……はぁ？」

組み伏せられた水無月さんは、冷静かつ的確な判断力で拘束から抜け出し、猛獣を思わせる苛烈さでマウントを取り返す。

真っ黒なフードで頭をすっぽりと覆っていた少女は、最初のタックルで豊かな黒髪を曝け出していた。

藻掻いている手足、その憤怒の形相は、長過ぎる前髪で覆い隠されている。

「その黒髪……アキラくんの下駄箱に入ってた……お前か……！」

黒色のローブの下で、胸を弾ませている彼女は、威嚇するかのように大声を張り上げる。

人生で気圧された経験などある筈もない水無月さんは、両足で組み敷いた彼女の両手を膝でロックし、躊躇なくその黒髪を右手で掴む。

「この黒髪、全部、抜いてあげるね？　アキラくんにお痛するような髪、この世界にいらないもんね？」

長髪を掴まれたアキラ教の教主は、必死になって抵抗していたが、藻掻いている両手足は既に固定されている。

抵抗虚しく、彼女は、髪を思い切り引っ張られ――

「……やっぱりか」

黒髪《ウィッグ》が外れて——衣笠真理亜《真実》が、白日の下に晒された。

×××♥

第三章　普通じゃないのが普通

衣笠真理亜が誕生したのは、衣笠由羅《ゆら》が九歳の時だった。

「……だれ？」

「衣笠真理亜。アナタのお友達だよ」

内向的な性格ゆえに、孤独を友としてきた由羅にだけ視える友人は、彼女が歳を重ねるにつれて同じように歳をとった。

毎日、毎日、毎日。

ふたりは、まるで、本物の姉妹のように日常を共有した。

『喧嘩する程仲が良い』という言葉があるが、由羅と真理亜が喧嘩らしい喧嘩をしたことはなく、なにをするにしても一緒でありなにを共にしても苦に感じたこともなく、年月を経る度に互いが互いを大事に想うその心は大きくなっていった。

「ね、由羅」

「な、なに、真理亜？」

人見知りの由羅は、真理亜に寄る辺を求めていた。

ひとりぼっちの彼女の心にとっての大事な友人、その存在はかけがえのないモノとして崩れかけの心を支える支柱となっていた。

禍福は糾《あざな》える縄の如し、幸と不幸は光と陰影のように対となって存在している。

素晴らしい友達を手に入れたことで、衣笠由羅の孤立は加速していった。

衣笠由羅にとって不幸だったのは、『彼女のひとり遊び』が定着しきった後に真理亜が現れたことだった。

幼少時代、道徳や倫理を知らない幼子は無邪気な残虐性を発揮する。

とんぼの羽を半分むしったり、トカゲの尻尾を切断したり、バッタの足をむしって遊ぶような……そういった猟奇的行為は、教育を受けるにつれて収まり、最終的には嫌悪感すら覚えるようになる。

だが、遊び相手がいなかった由羅にとって、その手の内で命を丹念に愛《め》で殺すことは最大の趣味と化していた。

知的動物であるシャチがネズミイルカを嬲《なぶ》り殺しにする『phocoenacide』は、なぜそのようなことをするのか、未だにその明確な理由は判明していないが……赤ん坊をあやしたり愛でたりするマザーリングではないかとも言われている。

少なくとも、由羅にとって、その残虐性には一片の悪意も籠められてはおらず――『愛情行為《マザーリング》』

としての側面を持ち合わせていた。

「良い加減さ、あたし以外の友達を作ろうよ」

「ぼ、ボクの友だちは、ま、真理亜だよ」

日の光を遮断している部屋の中。

捕まえてきたカエルを解剖しながら、中学生になった由羅は口の端を歪めてつぶやく。

「み、みんな、ぼ、ボクのことを、き、気味悪がるんだ……ど、どうして、は、腸《はらわた》の綺麗な赤色を怖がるのかな……？」

「……ね、由羅」

「な、なに？」

顔を上げた由羅が見つめる先、曇った鏡に映る自身は薄汚れていた。

ぼやけて、にごって、くすんでいる。

気色悪い色合いの肌、色濃い隈が残る目の下、顔の上半分を覆うボサボサの髪、どことなく均整がとれていない体型《フォルム》。

ぼんやりと、己を眺めながら由羅は自嘲する。

汚い、汚い、汚い……ボクは汚いから嫌われる。死骸を埋める土の色だ。ボクの魂は、茶色に変色している。生き物の中を通っている美しい生の赤色と違って、ボクの中には薄汚い死の茶色が詰まっている。だから、ボクは仲間外れのままで、ぎっしりとお腹に詰まった死に魅入られている。

「……汚い」

がりがりと、由羅は自分の側頭部を爪で掻く。

「汚い汚い汚い……」

その爪が皮を破り、肉を抉り、血があふれ出し——止まる。

「由羅、見て」

その手を止めた実在しない真理亜《友達》は、鏡を指差して言った。

「見て。鏡を見て。由羅。貴女自身を見て。お願い。見て」

ぎょろりと、目を動かして。

由羅は、鏡の中に眠っている己を見つめる。

見つめて、見つめて、見つめて……何時しか、その姿は変貌しており、誰からも愛される真理亜《偶像》を投影していた。

薄桃色の血色の良い肌、ぱっちりとしていて大きな両目、艶めいて輝いている綺麗な髪、均整がとれた理想的な体型《フォルム》。

その美しい姿は、皆に愛される自身の理想そのものだった。

——鏡よ鏡よ、鏡さん
彼女は、優しくて大好きだった祖母の膝の上で、とっておきの魔法をかけられた時のことを思い出す。

——この世で最も美しいのは誰？

祖母は手鏡を裏返し、そこに映っている自分を見て由羅は笑った。

可愛くて綺麗で、祖母の誇りだった自身を。

——ゆらちゃん、よおく聞いて

唯一、由羅の味方でいてくれた祖母は、長い長い闘病生活で痩せこけた棒のような腕を懸命に動かし、孫娘の頭を撫でながらささやいた。

——ゆらちゃんは、とっても可愛いから、きっと直ぐにお友達が出来るわ

ぷるぷると震える手が、由羅の髪を撫で付ける。

——もし、ゆらちゃんが寂しくてたまらなくなったら、おばあちゃんのこの鏡を裏返しなさい

裏になった手鏡を指し、祖母は微笑んだ。

——ずっと、おばあちゃんが見守ってるからね

それは、近所の公園でひとり虫を解体している孫娘が、同年代の子供たちの輪に入ることが出来ず、足繁く、寝たきりのつまらない老婆の下へ通うことしか出来ないことをよく知っていた……心優しい祖母が、己の無力さを嘆きながらも、大切な孫娘のために捧げた『気休め』だった。

当然、その手鏡は魔法の鏡ではなかった。

ただの骨董品の鏡であり、童話のように答えを返すこともなかった。

だがしかし、孤独に耐えかねた九歳の由羅がその鏡を裏返したことで——思い出が蘇り、過去、祖母が『世界一、美しい』と称した己をそこに見つけ出し——衣笠真理亜という理想を誕生させた。

そう、その姿は、まさに『由羅の理想』そのものだった。

「あたしはさ、きっと、由羅の理想の姿なんだよ」

真理亜は、由羅が思っていることをそのまま口にした。

「う、うん。ぼ、ボクも、真理亜が、せ、世界で一番、き、綺麗だと思うよ」

「でも、あたしたちの顔貌《かおかたち》は同じ」

鏡の中の真理亜は、愛らしく微笑んだ。

「由羅は、真理亜になれるよ。あたしは理想の貴女なんだから、絶対に大切な友だちが作れる」

「そ、そんなの、要らない……」

カエルの腹にメスを突き刺し、由羅はゆっくりと立ち上がる。

——ゆらちゃんは、とっても可愛いから、きっと直ぐにお友達が出来るわ
惨めな現実から目を逸らし、由羅は鏡の中の理想を求めた。

「ぼ、ボクに、友だちなんて必要ない……真理亜さえいれば良い……ぼ、ボクを救える人間なんていない……そ、そんな存在がいたら、それこそ神様だ……」

「……由羅」

由羅は、今まさに息絶えようとしている命を見下ろす。

虫ピンで磔《はりつけ》にされて腹を裂かれたカエルは、ぐったりとしたまま力なく天を仰いでいる。

その惨たらしい姿は、まるで由羅がなぞっている人生の帰結を思わせた。

一本、また一本。

腕にピンが突き刺さり、足がピンで串刺しにされる。

そうやって、ひとつひとつ自由を奪われ、じっくりと苦痛を与えられ悶え苦しみ死ぬのだ。

その末路は、今まで、好き勝手に命を弄んできた自分に相応しいように思えた。

ぬるい地獄のような惰性に過ぎない人生に、変化が訪れることはないと由羅は信じ込んでいた……桐谷彰の気まぐれに巻き込まれるまでは。

「カツアゲだ、金を寄越せ」

「……え？」

解剖用のカエルを調達しに出かけた由羅に向かって、見るも無残な姿をした男子は片手を突き出していた。

「聞こえなかったのか？　カツアゲだ。とっとと金を出せ。ようやくあの女の部屋から抜け出して、ココまで戻ってこれたんだ。捕捉されないうちに警察まで行きたいから、バス代をくれ」

上から下まで、傷と汚れに満ちている全身。

顔、腕、足に擦過傷のある彼は、どこかに引っ掛けたのか、豪快に破れている自分のシャツとズボンを気にしてはいないようだった。

我が物顔で仁王立ちする彼は、足先で地面を叩きながら催促してくる。

「か、カツアゲは、は、犯罪で――」

「当たり前だろ、バカかお前は？　人が道を歩き始めたら、『それは、歩行です』とでも抜かすつもりか？　百も承知だ、オラ、金を出せ」

乱暴な口調の彼に気圧されて、思わず由羅は財布を開く。

無遠慮に中身を覗き込んだ彼は、にっこりと笑って由羅の肩を叩いた。

「お前、金持ちだな。道理で、金の匂いがすると思った」

「え……よ、よくわかりません……」

由羅は、一万円札を差し出す。

その一万円札を無視し、少年は財布から千円を抜き取った。手慣れた様子で、尻ポケットにお札を入れて微笑む。

「お前、今、俺のことを良いヤツだと思ったろ？」

「えっ……あ、その、はい……だ、だって、一万円を出したのに、たったの千円だけしか……」

「アンカリング効果だよ」

「えっ……えっ……？」

話についていけず、わたわたとしている由羅の前で彼は述べる。

「最初に提示した一万円が基準となって、お前は比較や判断をしてしまっている。結果的に、お前はマイナスであるにもかかわらず、一万円の十分の一で済ませてくれた良い人だと俺に好意をもつことになった。俺は、今、一万円とお前からの厚意を秤にかけて、お前からの厚意を選んだわけだ。わかるか」

「うんと、あの……え、えっと……ぼ、ボクなんかに好かれたいんですか……」

「あぁ、自己肯定感が低いところも御しやすくて実に好みだね。ますますもって、俺は、自分が正しい選択をしたと確信している」

人差し指をゆらゆら揺らした彼は、ゆったりとした動きで由羅の財布を指差した。

「慣れてるな」

「……えっ？」

「見ず知らずの得体のしれない俺に、金、渡すことに躊躇しなかったろ。その手持ちの水槽《ケース》、なにか捕まえに行くとか、そういった類の用事の途中だ。だから、お前は出会い頭に俺を見て

『面倒事に巻き込まれた』と一瞬だけ顔が引き攣った。つまり、お前は、昔から人に金を渡して面倒事を避けることに慣れている人間だってことだ」

出会ってから数分で、図星を突かれた由羅は「うっ……」と思わず唸り声を上げる。

ニコニコと笑いながら、彼は、小石を放り投げてはキャッチしてを繰り返す。

「お前、小金の光に釣られた羽虫にたかられてるだろ。あー、答え合わせはしなくて良いぞ。お前は、全身で正解を見せびらかしてるから……なっ、と！」

彼は、小石を通りに投げつける。

とん、とん、とんっと、音を立てて小石は転がって……その運命を示すかのように、排水溝へと落ちていった。

呆けている由羅の前で、アスファルトの表面を見つめた彼はブツブツとつぶやく。

「ギャンブル依存症だったあの女よりは、この俺に相応しいな……時期的にもちょうど良いし鞍替えするか……」

「く、鞍替え？」

「お前、名前は？」

「き、衣笠、ゆ、由羅です」

「衣笠由羅、衣笠由羅……よし、憶えた」

どこからか、女性の悲鳴と叫声が聞こえてくる。

爽やかな笑みを浮かべた少年は、由羅の手を握ってささやいた。

「俺は人の顔じゃなく、人の名前を憶えるタイプだ。今、お前の名前は記憶した。また会おうぜ、金づる」

髪を振り乱して絶叫している女性が通りに出てきた時、走り出していた彼の背中はもう見えなくなっていた。

少年を見送った由羅は、唖然としたまま立ち尽くしていた。

明くる日。

その少年の名前が、桐谷彰であることを由羅は知った。

名を知ると同時、彼女は彼の異常性も知る。

由羅と同じ学校に所属していた彼は、たったの一日で、彼女が抱えていたすべての問題を解決していた。

「ど、どういうことですか……?」

理科実験室の中で、男子生徒と女子生徒が土下座していた。

驚愕でぽかんと口を開けていた由羅は、実験室の長机に座って携帯ゲーム機で遊ぶアキラを見つめる。

「お前、イジメられてるんだろ? その首謀者共だ。見ればわかると思うが、お前に謝罪してる。ひとりひとり、プロフィールと意気込みでもしゃべってもらうか?」

「な、なぜ？　ど、どうやって？」

由羅の教科書を破り捨てトイレに流した女子生徒、彼女の机に卑猥《ひわい》な言葉を刻んだ男子生徒、教師の目を盗み陰湿な嫌がらせをしてきた複数の生徒たち……全員が震えながら、彼女に対して平伏していた。

「知らん」

「えっ？」

「俺が望んだら、誰かが勝手にやった。理科実験室の鍵は、下駄箱に入ってただけだ。俺は何もやってない。こんな光景、優等生の水無月さんにでも見られたら、先生にチクられて大目玉食らいそうだけどな」

携帯ゲームの電源を切り、桐谷彰はニヤリと笑った。

「俺は、ランプの魔人だ」

理科実験室の机上に堂々と座り、誰よりも高みに上った彼は、誰も決して触れようとしなかった彼女の手を優しく握る。

「お前の願い――あとふたつ、叶えてやるよ」

その瞬間、確かに、衣笠由羅《ヤンデレ》の心は鼓動していた。

その鼓動の速さが収まらないうちに、アキラは次なる願いのための暗躍を終えていた。

明くる日の明くる日。

由羅の部屋には、アキラと見知らぬ女の子が訪れていた。

「あたし、衣笠麻莉愛です！」

「え……？」

由羅の前に現れた一学年下の女の子は、勢い良くお辞儀をしてそう言った。

「由羅先輩と同じ名字なんですよ！　奇遇ですよね！」

「ま、マリア……？」

同じ名前をもっていて、どことなく『真理亜』と雰囲気の似ている『麻莉愛』を見つめ、由羅は驚きのあまり身を震わせていた。

頭を下げていた女の子は、不安そうに顔を曇らせ目線を上げる。

「どうしましたか？　同じ名字、あんまり嬉しくなかったですか？」

「い、いえ、ぼ、ボク……そ、その……」

「安心しろ。その女はまともだ」

由羅の部屋は、彼女の趣味で覆われていた。

死骸の標本とホルマリン漬けの瓶、解剖学に関する学術書、スプラッター映画のＢＤやＤＶＤが四方を埋めている。

家具らしい家具はない代わりに、大掛かりな解剖台と薬品棚が部屋の大半を占めていた。

カバーガラス、スライドガラス、ピンセット、顕微鏡、解剖皿、虫ピン、台秤といった細かい器具が並び、メタノール、生理食塩水、ギムザ染色液、ジエチルエーテルといった薬品類は適切な形で管理保全されている。

分厚い黒の遮光カーテンは、世にも珍しい来客者をこの部屋に迎えても、肌の弱い由羅を守るためきっちりと閉じられたままだった。

女の子の部屋というより、吸血鬼が棲《す》まう実験室といった風貌《ふうぼう》である。

そんな異様な光景を前にしても、ベッド上のアキラは携帯ゲームに興じている。

物怖じするどころか、勝手知ったる我が家と言わんばかりにリラックスしていた。

「ソイツが、お前の二つ目の願い――『友だちが欲しい』を叶えて下さるそうだ。良かったな」

「あの、由羅先輩」

横目でアキラを見ながら、こっそりとマリアは由羅に耳打ちをする。

「心からの忠告です。既にご存知かもしれませんが、あの男は関わり合いになったら後悔する率１００％の実績を誇るクソ野郎です。オールタイムベストゴミですよ」

心の底から、そう思っているらしい。

アキラを見つめる彼女の表情には、コレでもかと嫌悪感が刻まれていた。

「正直言って、アイツはクズです。保身のためなら手段は選びませんし、学校行事で外に出ればのべつ幕なしに女性に声をかける……しかも、あの歳で、ヒモになりたいとか言ってるんですよ？　頭、おかしくありませんか？」

「聞こえてるぞ……えーと、名前、なんだっけ？」

「マリアです！」

「あぁ、すまん、憶える気はない。脳のメモリは有限だからな。明日には忘れ去られるマリアよ、心優しい俺からの忠告は海馬に保存しとけ。お前の素晴らしい趣味を口外されたくなかったら、口に気をつけたほうが身のためだぞ」

さっと顔色が変わり、マリアは「じょ、冗談ですよぉ」と引きつった笑顔を浮かべる。

「じ、実はあたし、ココだけの話、めちゃくちゃスプラッタ映画が好きで」

棚に飾られているカエルのホルマリン漬けを眺め、年下の少女はうっとりとして両手を組んだ。

「特に腸《はらわた》ですよね……『死霊のはらわた』とかロメロのゾンビシリーズとか、そういうのホント好きで……あ、でも！　飽くまでも映画ですからね！　現実で見たいと思ったことは一度もありません！」

「だ、大丈夫……ぼ、ボクも……そ、そういうの好きだよ……」

「ほ、本当ですか⁉」

感激で飛び跳ねたマリアに両手を掴まれ、ぎょっとした由羅は身を竦める。

「アイツに弱みを握られてから、ずーっと、都合の良い使い走りで！　趣味が合う女の子なんて一度も見かけたことないし、寂しくて泣いちゃいそうだったんですよ！　ようやく味方が出来た！　嬉しい！」

「そうか、俺に感謝しろよ」

殺意の籠もった視線を向けられ、アキラは「ふぁあ」とあくびをする。

眠たげだった彼の目が、不意に由羅へと向けられる。

「で、だ、衣笠由羅。こうして数日、張り付いた結果、俺はお前には将来性がないと判断した」

綺麗な瞳――なにか人を惹きつける眼差しをもった彼は、帰宅の準備を整えながらささやいた。

「両親がかなりの金持ちだと踏んでいたが、そうでもないみたいだしな。俺を養えるだけの地力がないお前に興味はない」

「は、はぁ!?　あんた、頭オカシイんじゃや――」

「由羅」

一度だけ、桐谷彰《彼》は名前を呼んだ。

「あとひとつの願い事……よく考えて決めろ。千円分の借りは、ソレでチャラだ」

席を立ったアキラを見て、慌てて、付き添いのマリアもバッグを引っ摑む。

用は済んだと言わんばかりに、彼は、玄関へと向かっていった。

隣に並んだマリアの罵声を聞き流しながら、後腐れなく去っていく彼の背中を見つめ、衣笠由羅は初めて体験する恋心に胸を高鳴らせていた。

「ぼ、ボク……あ、アキラくんが……す、好きみたい……」

「え、嘘⁉　ホント⁉」

由羅にだけ視える友人――衣笠真理亜は、はしゃぎながら歓声を上げた。

「じゃあさ、告るしかないじゃん！　あたしと同じ名前のマリアちゃんにも手伝ってもらって初恋を成就させようよ！」

「で、でも……ぼ、ボクみたいなのが告白しても……ま、真理亜とは違って……め、迷惑だろうし……」

「大丈夫だって！　由羅は真理亜なんだから！」

朗らかに笑んだ彼女は、由羅の恋心を祝福していた。

「頑張って、由羅！　絶対、上手くいくから！」

気負っていた恋心から、ふと、その重みが抜けていくのを感じた。

脳を痺れさせる多幸感、由羅は心の中で、そっと最後の願い事をつぶやく。

――どうか、ボクを好きになって下さい

「き、桐谷彰に告白するぅ⁉　正気ですかぁ⁉」

数日後、ひとつ歳下の友人、マリアに相談すると思った通りの反応が返ってくる。

顔を真っ赤にした由羅は、もじもじしながらこくこく頷いた。

呆れ返った様子で、マリアは嘆息を吐く。

その恋心を否定するつもりはないのか、渋々ながらも自室へ招き入れてくれた。

「あたしには理解出来ないけど、由羅先輩の頼みなら断れません。先輩、なんだか見ていてほっとけないし」

由羅の前で電話をかけたマリアは、通話を終えるなり「行きましょう」と立ち上がった。

「え、ど、どこへ……?」

「美容院ですよ。髪は女の命って言うでしょ？　まずはその髪、どうにかしなきゃ」

マリアによる、衣笠由羅の『改造』は朝から晩まで続いた。

すっかり、日が落ちた後。

メイクアーティストは、渾身の出来栄えを見て「完璧」とつぶやいた。

明るい髪色、整った長さの髪の毛、生来の可愛らしい顔立ちに施されたナチュラルメイク、つけ爪にはマニキュアが塗られ、マリアに借りた裾の短いバルーンワンピースは美麗な肢体の魅力を引き立てている。

「真理亜だ……」

鏡面に映し出された由羅は——鏡よ鏡よ、鏡さん。この世で最も美しいのは——憧れの真理亜そのものだった。

「ココまで素体が良いとは、思ってませんでしたよ。正直言って、コレで落ちない男がいるとは考えられな――先輩？」

「ぼ、ボクは真理亜だ……真理亜が言ってたことは、本当だった……そ、そうか、そうだったんだ……おばあちゃんが嘘を吐くわけない……この世で最も美しい……ぼ、ボクは、真理亜だったんだ……」

「由羅先輩？」

その瞬間――彼女は、切り替わった。

「……由羅じゃないよ」

「え？」

「真理亜」

鏡は雄弁に、その答えを表していた。

「あたしは、衣笠真理亜だよ」

愛という名の病は、その総身を理想へと創り変える。

衣笠真理亜は、鏡が映した自分自身《イマジナリーフレンド》に向かって手を振った。

「手紙、下駄箱に入れておきましたけど……ホントに良いんですか？」

野球部の掛け声が響き渡る放課後、マリアは不安気に真理亜の様子を窺った。

「ん、だいじょぶ」

「その……真理亜、先輩なんですよね？」

理解し難いものを見る目で、同名の小さな後輩は真理亜を観察する。

「家に帰った後に『空想の友人《イマジナリーフレンド》』について調べました……児童期に見られる空想上の友達のことで、あたかも実在してるように感じ会話も出来るって……イマジナリーフレンドが体内に入って、人格交代を起こすことがあると書いてありました……」

「ま、そうゆうことだよね」

別人のように性格が変わった由羅を目の当たりにして、演技ではないかという疑いは晴れたらしい。

現実を受け入れたマリアは、恐る恐る『由羅』の姿で話す『真理亜』へ尋ねる。

「あたしと同じ名前なのは、偶然なんですか？」

「運命かもね」

真理亜は、愛らしくウィンクをする。

「奇《く》しくも同じ名字の女の子がいて、奇しくも同じ名前のイマジナリーフレンドをもっていた。偶然が二度重なれば、それは運命と言っても良いんじゃない？」

「それは、運命……なんでしょうか？　まるで、神様のイタズラみたい」

衣笠真理亜は、微笑んで、由羅の大切な『実在する友人(マジナリーフレンド)』を見つめる。

「あの子の初めての空想の友人はあたしで、あの子の初めての現実の友人はアナタ」

彼女は、哀憐を口にする。

「だとすれば、あの子は現実を見つめ直す時なのかもしれない。意図的なのか偶発的なのか、その機会をもたらしたのは『桐谷彰(かれ)』だった。この数日で、由羅の運命は変わってしまった。糾(あざな)える縄の行方は誰も知らない。他人の運命の中心に居座っている彼は、なにかそういった宿命に雁字搦(がんじがら)めにされているようにも思える」

「アイツ、昔から、トラブルメーカーですからね。女性絡みの刃傷沙汰を起こした回数は、ゆーでギネスに載ると思いますよ」

垂れ込める曇天の下、真理亜は腹の底に響くような雷鳴を聞き取った。

「……マリアって、落雷に当たったことある?」

「え、はぁ? 雷ですか? いやまー、あるわけないですよね」

「そう、それが普通。でも、中には、七回も落雷に遭った人間もいる。確率的に言えば、二、〇〇〇,〇〇〇,〇〇〇,〇〇〇,〇〇〇,〇〇〇,〇〇〇,〇〇〇,〇〇〇分の一」

「そ、そんなの有り得るんですか?」

「普通は有り得ない」

虚が潜む深淵を眺めるように、真理亜は曇り空を見上げた。

「でも、普通じゃなければ有り得る。そして、この世界では、普通じゃないのが普通なんだよ」

微笑んで、真理亜はマリアへと視線を移した。

「ちなみに、七回も落雷に遭った人間の死因はなんだと思う?」

「それは、えっと、七回目の落雷で死んじゃったとか? だって、そんな何回も雷に当たってたら何時かは死んじゃ――」

「自殺だよ」

口を開けたまま、マリアは黙り込む。

そんな彼女へと、微笑をたたえた真理亜は答えを授ける。

「七回も落雷に遭った人間は、七回の落雷を受けても生き延びた。でも、たった一回の片想いに悩み込み……そのちっぽけな愛のために己を殺したの」

「…………」

「普通じゃないのが普通なの」

その独言は、風に流されて潰える。

「愛は……人を殺すよ」

校舎裏に、落ち葉を踏み締める足音が聞こえてくる。

無言で佇んでいたマリアは、ハッと顔を上げ音の鳴った方向に目をやった。

なぜか、混乱しているマリアはおろおろとしながら、音の鳴った方向とは反対方向へ駆け出す。

「えっ……な、なんで……?」

「そ、それじゃ、あたし行きます。えっと、あの、ご武運を」

「ん、じゃね」

真理亜は、走り去っていくマリアを見送った。

高鳴る心臓の鼓動に耳を澄まし、そっと目をつむって告白の時を待ち望む。

一秒、二秒、三秒……足音が、背後で止まった。

恋心に支配されている全身が震え、高鳴る鼓動《リズム》が高揚を刻む。

緊張で、口の中が乾いている。

ひとつ息を吸って、ひとつ息を吐いた。

意を決し、彼女は、振り向いて——視線の先には、誰もが知る優等生《水無月結》が立っていた。

「水無月、さん? どうして、ココに——」

「来ないよ」

ニコニコしながら、水無月結は言った。

「彼、ココには来ない。伝言を頼まれたの」

呆然としている真理亜へと、心地の良い声質と抑揚をもって彼女は告げる。

「『男同士は無関心に過ぎないが、女同士は生まれながらにして敵同士である』」

「……は？」

「ショーペンハウアー」

黒髪を耳の後ろに掻き上げ、大和撫子然とした美少女は歩き始める。

「……アナタは、告白する前にフラれたんだよ」

すれ違いざま、そっと耳打ちされる。

その言葉が、意味となり、脳へと到達した、その瞬間。

バチンとなにかが落ちる音がして、景色がぐるぐると回り始め、ぴかぴかとした音と光が視界を埋め尽くした。

混乱、混乱、混乱。

——鏡よ鏡よ、鏡さん
バチン、バチン、バチン、大音響が炸裂する度に視界が明滅する。

——鏡よ鏡よ、鏡さん
大好きな祖母が頭を撫でる感触がリフレイン、裏返しになった手鏡が脳裏を過ぎる。

——鏡よ鏡よ、鏡さん
入院する前、自宅療養中の祖母は哀しそうで辛そうな顔でこう言った。

——ごめんね

鏡よ鏡、鏡よ鏡、鏡よ鏡。

――ごめんね、ゆらちゃん。ごめんね
この世で最も美しいのは。この世で最も美しいのは。この世で最も美しいのは。

――ゆらちゃんは、とっても可愛いのに
真理亜の中の由羅は、ゆっくりと目を開いていく。

――おばあちゃん、誰にもそのことを教えてあげられなかった
心優しい祖母の愛情は、由羅の心に深く突き刺さり、この瞬間に最大の効力を発揮して――ごめんね――祖母が信じてくれた鏡に映る理想の姿、『衣笠真理亜』が誰にも好かれず恋敗れるわけがないという盲信を生んでいた。

そう、それは、衣笠由羅という少女が生んだ愛の盲信。

たったひとりの味方である心優しい祖母に捧げる――理想の体現という名の愛だった。

妄信した恋心と盲信した愛情を振りかざし、自己矛盾《オーバーヒート》を起こした由羅は、論理性の欠片もないひとつの答えへと帰着し――

「そ、そっか、ボクは由羅だ……」

人格交代に至った。

「そ、それに、アキラ様は神様じゃないか……！　そ、そうだ、そうだよ、ふたつも願い事を叶えて下さった……！」

幼い頃から、他者とのコミュニケーションを怠《おこた》ってきた少女は、一度たりとも大切な人からの拒絶を受けたことはなかった。友愛を結んだこともなかった。恋愛を抱いたこともなかった。兼愛を感じたこともなかった。

敬愛も恵愛もなく、信愛も深愛もなかった。

愛という衝動が、どれほどおぞましく、どれほどおそろしいものであるかも知らなかった。

他の人間が、一歩また一歩と、他人との交流で掴んでいく、その適切な距離感を経験することもなかった。

愛には、善の側面と悪の側面が備わっている。

そんな基本的なことすら、彼女にとっては遠い彼方の幻影のように掴み取れないものだった。

だからこそ、極自然な帰着として。

彼女は、愛情を履き違えた《ヤンデレになった》。

「そ、そうだよ……ぼ、ボクが、アキラ様に恋心を抱くなんて恐れ多い話だ……彼に恋をしてる真理亜は、ぼ、ボクがココに来る前に『走り去った』じゃないか……！」

「由羅！　由羅、コッチを見て！　由羅ッ！」

頭を抱えながら、由羅は校内を彷徨い歩く。

そんな彼女へと、鏡の中で叫んでいる真理亜の姿が映るわけもない。

「そ、そうだ……あ、アキラ様を崇め奉る場所を作ろう……そ、そうすれば、アキラ様は、ボクに会ってくれる……褒めて下さる……！」

彼女の両目に映っているのは――

「あ、アキラ様は……ぼ、ボクと真理亜を褒めて下さるかな……あ、アキラ様のために頑張れば、また名前を……呼んでくれるかな……」

理想の神として偶像化された、己を裏切らない空想のアキラだけだった。

「ま、まずは、真理亜のところに行かなきゃ……あ、あの子なら、ボクのことを理解してくれる……理解してくれないなら説得しないと……」

「ゆ、由羅、どこに行くの？　そっちは家の方向じゃ――やめて！　あの子は、真理亜《あたし》じゃないっ！」

演劇部から盗んだ黒髪《ウィッグ》をかぶった彼女は、ブツブツとつぶやきながら、この世に実在しているマリアの元へと向かう。

「由羅、お願い！　やめて！　由羅、由羅ッ！」

「あ、待って下さい、先輩！　今、開けます！」

扉を開けたマリアは、笑顔を突き出し――

「い、一緒に、あ、アキラ様の教義を世に伝えようね」

鏡の中へと、引きずり込まれた。

＊

「……バレちゃったか」

水無月さんの下に敷かれたまま、無抵抗の衣笠真理亜は俺を見つめる。

「桐谷には、バレてたのかな？」

「うなじのほくろを視るまでは、同一人物だとは思ってもなかったけどな」

衣笠は、勢い良く顔を上げて叫ぶ。

「桐谷！　衣笠由羅って、名前は憶えてるでしょ⁉　どうして、あの日、来てくれなかったの⁉　手紙は読んでくれたんでしょ⁉」

言えない。

「あぁ、（次の日に）読んだ」

その日は学校サボって、家でゲームしてただなんて言えない。

「……ようやく思い出した。あの時の女か」

水無月さんはボソリとつぶやき、押さえつけていた衣笠を解放する。

「せっかくの後輩からの親切、無駄にしちゃったんだ……可哀想に」

「え？」

「下駄箱、見ればわかるでしょ？　アキラくんが登校してたかしてなかったくらい」

愕然と、衣笠は瞠目する。

「まさか……そんな……手紙、読んでなかったの……？」

「いや、嫌な予感がしたから頑張って読んだ」

「ゴミ箱の中にあったのを拾い上げて、細切れになってたのをわざわざ修復したんだよ！　お兄ちゃん、家にまで行ったのに！　『来てくれなかったの』じゃないよ！」

まぁ、俺、危機管理能力高いからね。めんどいけど、家にくらいは行くよね。

「ど、どういうこと？」

「手紙を入れるなら、自分でやりなさいって話」

ため息を吐いて、水無月さんは首を振る。

「実際のところはアキラくんとの交際に猛反発してた後輩に任せたら、そういう結果になるとは思わなかった？」

立ち上がった衣笠真理亜は、その場でよろめいて――落ちている黒髪《ウィッグ》をつけた瞬間、『衣笠由羅』へと人格が切り替わる。

「ぼ、ボクは……だ、だって、真理亜は……い、家にまで来てたなんて、し、知らなかった……！」

「落ち着け、由羅。クールダウンしろ。好きなお菓子、百円までなら買ってやるから」

聞く耳をもたないのか、彼女は頭を抱えてブツブツと呪言を放ち始める。

「わかった、百五十円まで買ってやるよ」

「お兄ちゃん、値段の問題じゃないと思うよ」

「オーケー、一ドルだ」

「通貨の問題でもない」

「う、裏切られた……と、友だちだと思ってたのに……う、裏切り者……しゅ、粛清だ……粛清だ……！」

猛烈な勢いで、衣笠由羅は駆け出す。

「おー、がんばれー！　粛清したれ粛清ー！　ぶっ殺せー！」

声援を送った俺は、ようやく、面倒事から解放されて肩の荷を下ろした。

「お兄ちゃん、アレ、追いかけなくて良いの？」

「別に良いだろ、俺には関係ないし。そもそも、今回の事態を巻き起こしたのは、由羅の手紙を捨てたマリアだしな。自分のケツくらいは自分で拭けがマイポリシー。いつ何時、こうなってもおかしくなかったんだから、ぶっ殺される覚悟くらいは決まってるだろ」

衣笠由羅という寄生先を失うであろうことは残念だが、まだ水無月さんと妹というストックも残ってるし無問題《モーマンタイ》。

「ふーん、そっかぁ。お兄ちゃんが良いなら、私としても、ぜーんぜん問題ないけど！　早くお家に帰って、日課のイチャラブ口移しディナーしよ？」

妹と口移しするくらいなら、三角コーナーとディープキスするね。

「うーん、でも、わたしとしては罪の意識感じちゃうな。ゴミ箱に手紙を捨てたのは後輩のマリアちゃんだけど、その手紙を細切れにしたのはわたしだし」

罪の意識感じてる人間って、そんなニコニコ笑顔でサムズアップして良いんだっけ？

サムズアップ水無月のせいで、当時、数時間にも及ぶ超高難易度パズルに挑むことになったのか。

「淑蓮、帰りのバス代ちょうだい。監禁されてたから、財布もってないわ」

「はーい、もちろん。私の愛情たっぷりの千円、どーぞ」

妹から千円札を受け取った俺は、いつも通りに尻ポケットへと仕舞おうとし——動きを止める。

「…………」

俺は、まじまじと、千円札を見つめる。

「お兄ちゃん？」

俺は。

全力で踏み込んで、由羅の後を追って駆け出した。

「アキラくん？　どうしたの？」

当然のように、追いついてきた水無月さんは並走しながら尋ねてくる。

「いや、用事を思い出しました」

「用事って……衣笠由羅に？　それとも、マリアちゃんの方に？」

「また、別のヤツに」

首を傾げる水無月さんは、さらなる追及をしてこようとし――俺は、同様に横に並んだ淑蓮へ声を掛ける。

「淑蓮、無人航空機《ドローン》飛ばせ」

「うん、もう見つけたよ。そこ左行った方が早そう」

猛烈な勢いで左へ曲がる。

普段から、命懸けの鬼ごっこをしている俺の運動性能は、一般男子高校生を凌駕しているという自負があったが、余裕綽々で水無月さんたちは付いてくるので、いざという時に捕まって死ぬということが判明してチビりそう。

俺は、恐怖を覚えながらも、走り始めてから経過した時間を確認する。

間に合うかどうか、ギリギリってところだな。

無言で。

俺は、通りを駆け抜けた。

＊

凶器を携えた由羅は、血走った目をマリアに向ける。

「信じてたのに……！」

ぶるぶると震える包丁の先端を眺め、マリアは超然として微笑んでいる。

あたかも、この時を待っていたかのように。

「信じてたのに……どうして……どうして、裏切ったの……どうして……っ！」

「先輩が可愛かったから」

微笑を浮かべたまま、マリアはゆっくりと答える。

「もしかしたら、告白、上手くいっちゃうかもなって思って……そうしたら、先輩は、あのクズと付き合うことになる。それだけは、絶対に許容出来ませんでした」

「そ、それのなにが悪い……ま、マリアは応援してくれたじゃないか……ぼ、ボクは、アキラ様を愛してたんだ……こ、告白が成功したら、なにもかも上手くいっ――」

「由羅先輩はどうなるんですか」

ぴたりと、由羅は動きを止める。

眼の前の後輩は、薄く笑んだまま繰り返した。

「由羅先輩はどうなるんですか」

「…………」

「あの時、主人格を構成していたのは衣笠真理亜だった。理想を体現する形で、人格交代が発生していた。衣笠真理亜として告白に成功していたら、二度と由羅先輩は表に出てくることはありませんよね。だって、理想が現実へと書き換わるんですから。あのクズ野郎と付き合おうが何しようが、別に、あたしにとっては知ったこっちゃありませんよ。趣味悪いなーとか思うけど、恋愛とか自由意志だし、十数年しか人生経験積んでない小娘が偉そうに口出せるような問題でもありませんし。でもね」

一歩、踏み出したマリアの腹に包丁の先端が当たる。

「あたしの友達は、由羅先輩なんですよ」

「…………」

真っ直ぐに。

マリアは、由羅だけを見つめる。

「根暗でコミュ障で世間知らずで良い歳して化粧の仕方も知らなくて、お出かけに誘っても嫌がるし好き嫌い激しくて人に野菜食わせようとするしスプラッター映画見る度に余計な豆知識ばっかしゃべって映画の内容頭に入ってこないし、金勘定のひとつも出来ない癖にホストに貢ぐキャバ嬢かよってくらい高級品をどっさり渡してくるお嬢様で何時も隈ばっか出来てて顔色悪くてコイツ大丈夫かよってくらいにふらふらしてる解剖大好きなどっかぶっ壊れてる舌足らずの異常者だけどっ！」

マリアは更に踏み出し、涙を飛ばしながら由羅の肩を揺さぶる。

「あたしの友達は、由羅先輩なんだよっ！」

刃先がシャツを破いて、薄皮を切り裂き、血液を飛ばしたとしても。

構わず、マリアは彼女を揺さぶる。

「知らねーよ、理想がどうとか！　由羅先輩は由羅先輩じゃねーのかよ！　なんで、せっかく出来た友達、わけわかんねーうちに奪われないといけねーんだよ！　必要ねーよ！　最初から必要ねーんだよ！　理想も盲信も運命も、なにもかもっ！　あたしにとって！　魔法の鏡に映ってる！　この世で最も可愛い女の子はっ！」

泣きながら、必死でマリアは訴えかける。

「由羅先輩なんだよ……っ！」

――ゆらちゃんは、とっても可愛いから、きっと直ぐにお友達が出来るわ
祖母の言葉を思い出し、由羅の目に光が戻る。

「ま、マリア……」

からんからんと、音を立てて包丁が地面に落ちる。

ようやく、由羅は見出した。

たったひとつの友愛を、決死の覚悟で訴えた友人により、ずっと願っていた友情を手に入――

ごめんね――ぴたりと、由羅の動きが止まる。

――ごめんね

祖母の声が聞こえて、すぅーっと由羅の意識が消えてゆく。

「……ダメだ」

髪を振り乱し、由羅は爛々と光る目でマリアを凝視する。

「おばあちゃんは……嘘つきにならなかった……嘘つきじゃダメなんだ……真理亜じゃないと……真理亜じゃないとダメなんだ……」

「由羅、先輩……」

ぶるぶると震えるその両手が、ゆっくりと、マリアのか細い首にかかる。

徐々に、力が籠もっていく。

こふっと音が漏れて、マリアの顔面が赤紫色に染まり始める。

気丈にも微笑んでいる彼女は、運命を受け入れるかのように目を閉じ――

「鏡よ鏡よ、鏡さん」

声が聞こえた。

「この世で最も美しいのはだあれ？」

汗だくになったアキラを見て、由羅の両手から力が抜け落ち――

「渋沢栄一《一万円札》だ」

彼は笑った。

＊

走って、走って、走って。

淑蓮の進路誘導《ナビゲート》に従って辿り着いたのは、俺が衣笠に騙されて招待された一般住宅だった。

汗を拭いながら、俺は、ひらひらと千円札で己の顔を扇いだ。

「マリア、生きてるか。ギリギリで命を救ってやったんだ、大量の渋沢栄一との面会くらいはセッティングしてくれるよな」

「……そ、そもそも、誰のせいだと思ってんのよ」

横たわっているマリアは、かすれ声で責任転嫁してくる。

寛大な俺は受け流し、速攻で決着をつけるために両手を広げた。

「由羅！　お前のことが好きだ！」

「に、偽物のアキラ様だ……こ、殺してやる……！」

速攻で、決着（死）したわ。

包丁を拾った由羅は、油断なく目線を走らせる。

淑蓮と水無月さんがいないことを確認し、ゆらゆらと揺れながら俺へと刃先を向けた。

「安心しろ。王子様はひとりだ」

「…………」

「用事を思い出したんでな、慌てて馳せ参じた次第だ」

なんの用事だと、その表情が物語っている。

俺としても、とっとと所用は済ませて帰りたいとこだが……水無月さんからの送信はまだだし、淑蓮側の準備も整ってないみたいだしな。

とりあえず、数分程、俺の巧みなトークで時間を稼ぐか。

俺は、水無月さんが入手してくれた連絡先を呼び出し、マリアへとチャットを送る。

『俺が時間を稼ぐ。その間に逃げろ』

画面に目をやったマリアは、俺を見つめ、ゆっくりと立ち上がり始める。

『わかった。あんたを信じる』

さて、慣れた正念場だ。どうにかしますか。

まずは、世間話から始めて、由羅を落ち着か――怒涛の勢いで駆け寄ってくる由羅を見て、俺は、即座に方針転換する。

「由羅！　後ろ後ろ！　マリアが逃げようとしてる！」

「このクズ野郎ぉおッ！」

勝手に信じたお前が悪い。

残念ながら、由羅はマリアに対する興味を一切失っていたらしい。

一切、スピードを緩めずに突貫してくる由羅を見て、俺は、素早くその場に伏せて――俺の背に隠れていた無人航空機《ドローン》が、前方向へと勢いよく突撃し、由羅の肩へと衝突して地面をバウンドしながら墜落し沈黙する。

「ぐっ……！」

体勢が崩れて、由羅は膝をついた。

『お兄ちゃん、外した！』

俺の胸ポケットから、淑蓮の叫声が響き渡る。

「見りゃあわかる。準備は？」

『水無月先輩から情報《データ》は届いた！　前準備は整ってるから二分で済ませる！　チャット飛ばしたら上空注意！　マリアとかいうエサ使って、二分くらい時間を稼いで！　お兄ちゃんは、私のどんなところが好き⁉』

極限状態で、クソ下らないことを聞いてくるところが嫌い。

既に、立ち上がっていた衣笠はこちらを睨めつける。

「あ、アキラ様はこんなことしない……ぼ、ボクのことを助けてくれる……だ、だから、アイツは偽物だ……偽物偽物偽物……っ！」

丹精込めて育ててきたアキラブランド、本日で偽物判定を受けての販売終了となります。ご愛顧頂きまして、本当にありがとうございました。

俺は、慈愛を籠めて、由羅へと呼びかける。

「なぁ、由羅。俺たちの出逢いを憶えてるか」

血走った目を動かし、俺は、必死でマリアに『逃げろ』とサインする。

よろけながら、マリアはその場から逃げ始める。

「あの時、俺は、お前のことを見て運命だと感じた」

食いつきの悪いエサをリリースした俺は、助走をつけ始めた由羅を見ながら、必死で時間稼ぎの方法を考えて——後ろから、由羅に駆け寄っていくマリアを見て踏み込む。

「由羅先輩っ！　もう一度！　もう一度、ちゃんとお話しましょう！」

振り向いた由羅は、反射的に刃先を突き出し——マリアを突き飛ばした俺は、間に入り、由羅の両腕を摑んで刃を止める。

「こ、このアホが……少しは状況見て動けタコ……ッ！」

「き、桐谷彰……あ、あんた、なんで……？」

「アンカリング効果だよ」

汗を流しながら微笑む俺を見て、由羅はゆっくりと目を見開く。

「憶えてるだろ？」

力が緩んだのを確認した俺は、刃物を奪い取ろうとし——女子高校生とは思えない膂力《りょりょく》を発揮し始めた由羅に圧され始める。

「つ、つまり、マリアを囮にするという状況を最初に提示してから、その後に命を救ったことでマリアからの好意を稼ごうとした……や、やっぱり偽物だ……あ、アキラ様は、分け隔てない愛を注ぐのに……っ！」

アイヤー、選択肢ミスったアルね⁉

膝をついた俺は、マウントを取られる。

組み伏せられた状態で仰向けになり、徐々に刃先が顔の前にまで迫ってくる。

「…………」

臨場感が！　臨場感がすごい！　生の実感を感じる生の実感を感じる！

余裕がなさすぎて真顔になった俺は、一転して爽やかな笑みを浮かべてささやいた。

「由羅、最期くらい、俺の心を奪ってくれないか」

嘘泣きプロフェッショナルの俺は、尊い涙を流しながら訴えかける。

「頼む……由羅……っ！」

呆気なく、情に絆《ほだ》されたのか。

俺の手を振りほどいた由羅は、迷い刺しの症状を見せながら、俺の左胸へと刃先を突き出し

――ガチンと音を立て、刃先が滑って、欠けて弾けた刃の先端が地面を転がる。

瞠目した由羅の視線の先には、左胸に空いた穴から覗いたスマホがあった。

その瞬間――胸ポケットに入れていたスマホのバイブが鳴った。

「上空注意」

影が差す。

由羅は、勢いよく空を見上げた。

淑蓮の無人航空機《ドローン》2号は、運んできた依頼物を俺の手元に落とし――掴み取った俺は、ソレを裏返し、由羅へと突きつけた。

「鏡よ鏡よ、鏡さん」

それは、骨董品《こっとう》のような手鏡だった。

「この世で最も美しいのは」

その思い出の一品を見つめ、由羅はそこに映っている――

「だあれ？」

幼い頃の、薄汚い自分を見つめた。

震えながら。

立ち上がった由羅は、鏡に映っている自分を見つめて頭を振る。

気色悪い色合いの肌、色濃い隈が残る目の下、顔の上半分を覆うボサボサの髪、どことなく均整がとれていない体型《フォルム》……そう、それはまさしく、彼女が祖母の膝の上で見ていたかつての自分の姿だった。

「う、嘘だ……あ、有り得ない……な、なんで……だ、だって……お、おばあちゃんがいた頃のボクは、と、とっても綺麗で、か、可愛くて……だ、だから、おばあちゃんは鏡で顔を見せてくれて……そ、それが、ボクの理想で……」

「人間は、好き勝手に理想を創り上げるもんだ。見たいものしか見ないように出来てる。記憶だって、辻褄を合わせるために改ざんするさ」

立ち上がった俺は、ズボンのホコリを払いながらささやく。

「ソイツは、水無月さんがお前の家を捜索して見つけ出した『八歳の頃のお前の写真』だ。データ化して手鏡に嵌め込んだ液晶に映してるもんだが、正真正銘、お前んところの婆さんがこの世で最も美しいモノとして捉えてたものだよ」

「う、嘘だっ！」

「嘘かどうかは、お前自身が知ってる筈だ」

蘇ってきた思い出を否定出来ず、由羅はその場で膝をついた。

「だ、だったら、ボクは……ボクは……一体……」

「由羅先輩だよ」

ようやく、使い所が出てきたマリアが由羅に歩み寄る。

「最初から……ずっと……ずっと……」

半泣きで、マリアは由羅を抱き締めた。

「由羅先輩は、由羅先輩だよぉ……っ！」

震える両手が。

しっかりと、マリアを抱き締め返す。

「ま、マリアぁ……ご、ごめん……ごめんねぇ……っ！　マリアぁ……っ！」

「良いんですよぉ……由羅ぜぇんぱぁい……っ！」

わんわんと泣いているふたりの前で、俺は、堂々と鼻くそをほじる。

早く家帰りたいし、一・五倍速で終わらせてくんねーかな。

「き、桐谷彰」

お涙頂戴の抱擁シーンは終わったのか。

涙でぐちゃぐちゃになった顔で、マリアはこちらに問いかけてくる。

「あ、あんた……由羅先輩のお婆さんの話……知ってたの……？」

「監禁されてる間は暇だったんでな。寄生先の身辺調査《リサーチ》はヒモの義務だ。床下に隠されてた手鏡にホコリひとつない『白雪姫』、なにかしらの逸話が隠されてると思って当然だろ。由羅の婆さんがマメな性格で、日記をつけてくれてて助かったわ」

ようやく泣き止んだ由羅は、ぐずぐずと鼻を啜りながら俺を見上げる。

「あ、アキラくん、ふ、ふたりで話したいんですが……」

「分給、五百円な」

由羅の後に続いて、閑散とした住宅街の通りにまで足を運ぶと、黒髪《ウィッグ》を外した彼女は真理亜として微笑した。

「桐谷には、お別れを言っておこうと思って」

「消えるのか？」

こくりと、真理亜は首肯する。

「俺のヤンデレセンサーに反応しなかったところを見ると……お前と由羅は、別人みたいなものなんだろ？」

「そうだね」

「だったら、別に消えなくても良いんじゃないか？　なんか、損した気分になるし」

「あんた、デリカシーとかないの」

くすくすと笑った後。

真剣な顔つきで、空想の彼女は俺を見つめる。

「あの子は、現実を見つめ直す必要があった。だから、あたしはマリアと協力しながらあの子と入れ替わって、自作自演《マッチポンプ》でアナタの心を手に入れようとした。黒髪《ウィッグ》の付け外しで、人格交代が出来るのはわかってたから」

「俺への想いが満たされれば、由羅が元に戻ると思ってたのか。そのために、マリアに由羅の格好をさせてふたりいるように見せかけ、自作自演《マッチポンプ》で俺の心を手に入れた後に由羅を真理亜にしようとした。お前が消えて黒髪《ウィッグ》を外せば、残るのは俺が恋した彼女だけって寸法か」

「そう。でも、失敗しちゃったけどね」

飴と鞭——真理亜が飴で、由羅が鞭か。

由羅の恐怖で俺を追い詰め、真理亜の優しさで俺を手に入れるつもりだったらしい。

「桐谷の下駄箱に髪と爪を入れたのもその一環。あの黒髪はウィッグで、つけ爪で爪の長さを誤魔化してた」

「なら、お前の目的は、俺の監禁じゃなくて——」

「由羅の心を取り戻すこと」

晴れ渡った青空の下で、真理亜は気持ちよさそうに笑った。

「それが叶った今、空想の友人《真理亜》はもう要らない。だって、もう現実の友人《マリア》がいるんだから」

彼女の顔には、憂いひとつない。

雲ひとつない晴天を思わせる、快活とした笑顔だった。

「なぁ」

「なに?」

「俺がお前の恋心を受け入れれば、お前は消えずに済むんじゃないのか? そうすれば、由羅にとってお前は必要不可欠になる」

「でも、そうしたら、桐谷は由羅と真理亜のふたりを抱えることにな——」

「俺は、ランプの魔人だ」

真理亜は、驚きで目を見張った。

「お前の願い――あとひとつ、叶えてやるよ」

ゆっくりと、彼女の驚愕は苦笑に変わる。

「あんた、用事ってそのこと？　そんな、何年も前のことなのに」

「何年前だ、あーだこーだは知らん。ヒモの心得により、俺は、借りは返すし約束を違《たが》えることもない。ふたつは由羅の願いを叶えたし、残りのひとつはお前のものだろ。ほらどうすんだ、とっとと願い事を言え」

数秒の逡巡の後、真理亜は追憶を帯びた瞳を俺に向ける。

「あの子ね、オムライスが好きなの」

「そうか」

「何時も、ケチャップをほっぺたにつけてて……あたしが教えてあげると、慌てて服の裾で拭うものだから大惨事。ケチャップも赤だし、だから赤色が好きなのかな」

「そうかもな」

「何時も一緒にいたから、ふたりで遊ぶ方法もたくさん考案したんだよ。ほら、あたしって視えても触れられないじゃない？　だから、こう、お婆ちゃんの鏡に映るあたしに向かって由羅が手を出して手遊びするの」

「飽きそうだな」

「まーでも、あの子は肌が弱いから、あんまり外には出られなかったんだよね。だから、いっぱいおしゃべりした。あの子って舌っ足らずじゃん？　でも、おしゃべりは好きなんだよね。だから、あたし、何時の間にか聞き上手になっちゃってさ」

「聞き上手はモテるぞ」

「アハハ、もう、見てててハラハラするっていうかさ。なにかある度に『真理亜、真理亜～っ』て来てさ、あたし、あの子にはすんごい甘いからなんでもいうこと聞いちゃって。でも、なんだか、そういうのも楽しかったなぁ。それでさ、あの子が……」

ふと。

言葉を止めた真理亜は、真っ直ぐに俺を見つめる。

その眼差しには、人間《ひと》というものが持ち得る最も尊いものが宿っていた。

衣笠真理亜という存在と同じ――『愛』という実在しない空想が。

だから。

実在しない彼女は、ありもしない願い事をつぶやく。

「あの子を幸せにしてあげて」

実に幸せそうに。

「桐谷、あんたは最低《はずれ》だったけど」

彼女は、由羅との思い出を尊びながら。

「でも、あの子が感じた桐谷《アナタ》への恋心は——最高《せいかい》だったよ」

友愛を選んで、消失を願った。

その言葉を最期に、ふっと表情が消える。

意識を失った由羅が倒れて、抱き留めた俺は真理亜の重さを失くしたことを知る。

「……めんどくせぇことしやがって」

ぼそりとつぶやいて、俺は、真っ青な空を見上げる。

「お前が願わないなら」

尻ポケットから千円札を抜き取り、俺は、そっとソレを風に乗せた。

「願い事、ふたつにしとけばよかったよ」

澄み渡った空へと、俺が捧げた千円札は——ひらひらと、飛び去っていった。

＊

「おう、マリアか。うん、うん……そうか、上手くいったか。あぁ、わかってる。礼は良い。私がやったのは、他の先生を経由して、偽の住所を水無月に教えたくらいだからな。無事、片付いたようで良かったよ。なに？　その先生をアキラ教の信者ということにしてしまった？」

田舎の風景に溶け込んだ古びた霊園。

スーツ姿の女性は、スマートフォンを片手に通話していた。

「まぁ、私の存在を伏せるように指示したわけだからな……それは仕方ないだろう。後で誤解は解いておけ。桐谷や水無月が噂を広めるとは思わないが、念のためにな。え？　桐谷とはしゃべりたくない？　そこまで言うなんて、お前、桐谷になにされたんだ？」

電話が切れた後、女性はタバコに火を点ける。

肺の奥まで煙を吸い込み——ふと気づいたかのように、墓へと向き直り、スマートフォンを耳に当てる。

「大丈夫。桐谷彰《アイツ》のことは見守ってるよ。あんたの思うよりも近くでな。あぁ、心配しなくて良い。上手くやってるよ」

満足気に笑った彼女は、無造作な手つきでスマートフォンを仕舞う。

気怠《けだる》げな表情で、タバコを咥えたまま天を仰いだ。

「桐谷」

線香代わりに、揺れる煙を視線で追い——『雲谷先生』と呼び慕われている彼女は、ぼんやりと千切れ雲を眺める。

「お前は、どういう未来を選ぶんだろうな？」

彼女の吐いた紫煙は、束の間、宙空を彷徨って……音もなく消えていった。

×××♥

第四章　アミューズメント・ヤンデレパーク

　ジェットコースターが急降下し、入園者たちは笑い混じりの悲鳴を上げる。

　愉快なメロディが流れる園内で、風船《バルーン》を配り歩いていた着ぐるみは、おどけた動きでこちらへ風船を差し出し――全力疾走している俺に蹴散らされ、その場でひっくり返り、子供たちはわんわんと泣き始める。

　ふわふわと、色鮮やかな風船が、空へと舞い上がっていく。

　鬼気迫る表情で、俺は、人の群れを掻き分け必死で園内を駆けずり回る。

「次は⁉　次はどこだ、マリア⁉」

「ちょ、ちょっと、待ってよ！　コッチだって、混乱してて……み、水無月結と『水道滑り』のアトラクション前で待ち合わせ！　その三十分後に淑蓮ちゃんと『ハイランドゴー』に乗る予定で、由羅先輩はもう『イカ回転』の前で待機してる！」

「無理だろッ！」

「知らないわよ！　でも、やらないと終わりなんでしょ⁉」

電話口に向かって叫ぶと、絶望感あふれる絶叫が返ってくる。

「水無月結も淑蓮ちゃんも勘が良いし、由羅先輩だって、あんたの変化には目ざとい！　下手な誤魔化し使えば、直ぐにゲームオーバーだよ！」

「なんで、なんで……！」

汗だくになりながら遊園地内を疾走し、死を間近に感じながら、俺はアトラクションを目指す。

「なんで、こうなった⁉」

ヤンデレとのデートが『三重予約《トリプルブッキング》』した俺は、その事実を隠し通したまま今日を乗り越えるという……不可能を可能へと変えなければならなかった。

＊

「ココに遊園地のチケットがある」

「え、なんですか、その唐突感あふれる話の切り出し方？」

ストーカーの件が解決したことを知らせるため、由羅と一緒に職員室へと足を運んでいた俺は、雲谷先生から差し出されたチケットを見つめる。

「あ？　お前らふたり、付き合ってるんだろ？」

先生がそう言った瞬間、隣にいた由羅は顔を伏せて赤面する。

前髪を弄りながら、こちらをチラチラと窺っていた。

「先生は、金が入ってないATMと付き合えますか？　ノーですよね？　だったら、二度とそんな誤解は口にせず、俺が指定した口座に二百万円振り込んでください」

「さも自然のような流れで、担任教師に二百万も請求するな。さっき、お前、『コイツは、俺が幸せにします』ってプロポーズまがいのこと言ったろ」

「いや、とある人物と約束したので、そのことを宣言しておこうと思いまして……でも、幸せにするにしても、別に俺じゃなくても良いわけでして」

「どういう意味だ？」

「俺が、コイツを真人間《ノット・ヤンデレ》にします」

饅頭を片手に、先生は「うぅ～ん」と唸り声を上げる。

「確かに衣笠の変わりようには驚いたし、うちの校則が緩いとはいえ、学校には黒髪《ウィッグ》をつけてきてもらうのも困るんだが……桐谷《問題児》に一任するというのは……」

本音、漏れてんぞ。

「衣笠はどうしたい？」

水を向けられた由羅は、顔を覆い隠している髪の隙間からこちらを瞥見し、そっと俺の袖を指で摘んだ。

「あ、アキラ様と一緒にいたいです……」

「なに？　アキラ様？」

俺は慌てて、由羅の口を塞ぐ。

「ご主人様プレイ！　ご主人様プレイしてるんです！　朝も昼も夜も、コイツは俺の奴隷なんです！　だから、何の問題もありません！」

「問題しかないだろ」

確かに。

「おふざけも大概にしておけよ、桐谷。冗談の通じない教師だったら、一発で生徒指導室行きだ」

話の通じる年齢《二十七》で良かった。

「とりあえず、遊園地のチケットはお前たちにやる。ホレ」

「え、良いんですか？」

先生が差し出してきたのは、最近、市内に出来たらしい遊園地のペアチケットだった。

受け取った俺は、金券ショップのホームページを開く。

「なにしてるんだ？」

「いや、せっかくだから、売ろうと思っ——すいませんでしたァ！　由羅といってきまァす！」

回転椅子を持ち上げた先生の目には、混じり気のない殺意が宿っていた。

「衣笠にも確認するからな？　もし、お前が衣笠と行かなかったようなら、チケットを売却したと見做してブチ殺す」

見做し作業で、教師にブチ殺される生徒とかどこのどいつだよ（笑）。

俺だわ。

「死ぬのはお前だ、桐谷」

冗談だと判断し余裕綽々だった俺に対し、ジョークが一切通じない顔で死刑宣告を送ってきた教師は笑みを浮かべる。

「うわぁ……せ、せんせ……ありがとうございます……」

「いや、構わん。お前も私にとっては、大事な生徒だ」

ぽんぽんと由羅の頭を叩き、先生は優しげな笑みを浮かべる。

「楽しんでこいよ、衣笠」

「は、はい……」

「アッハハッハ！　よ、よくよく考えてみたら、ペアチケットを生徒にやるって！　う、雲谷先生、彼氏いないってことじゃん！　アッハハッハ！　この事実に気づいたら、笑いが止まら――止まったわ」

机を持ち上げた雲谷先生を見て、爆笑していた俺の笑いが止まる。

男性教諭が三人がかりで、先生を羽交い締めにしている光景は実にシュールだった。

笑いどころか息の根を止められる前に、俺は、急いで職員室から脱出する。

由羅とふたり、並んで教室へと戻ることにし――急に彼女の呼吸がおかしくなり、その場に座り込んで苦しそうに顔を歪める。

「なんだおい、どうした由羅！」

「あ、アキラ様といると……む、胸が苦しくなって……う、嬉しいのに、と、とても切なくて……」

俺の顔面からとった生者顔《アライブマスク》を取り出し、由羅は、唇の部分をちゅっちゅっと吸い上げる。

「アキラ様……アキラ様……す、好きです……お慕いしてます……」

何時の間に型とったの、ソレ？

「ていうか、お前、昔みたいに『アキラくん』って呼べよ」

「ぼ、ボクにとって、アキラ様が神様みたいな存在なのは変わらなくて……ま、真理亜も、それを望んでると思うし……ぐ、グッズ展開も始めるつもりです……」

なんで、お前らって、俺の人権をフリー素材みたいに扱うの？

「儲かるならまだしも、デメリットしかないようなことはやめ――」

「桐谷彰ァ！」

背後から飛んできた硬式球をスウェーで躱し、俺は飛び込んできたマリアを受け止めて胸を

揉む。

わざわざ、着地を手伝ってやったにもかかわらず。

被害者面した襲撃者は、両手で胸元を隠しながら真っ赤な顔で威嚇してくる。

「ふ、ふざけんな！　あ、頭おかしいんじゃないの、アンタ⁉」

由羅とは正反対の快活さとお洒落さを兼ね揃えた衣笠麻莉愛《マリア》は、怒りとも照れとももとれる頬の赤らめ方をし、抗議の眼差しを送ってくる。

「お前が一番嫌がるのは、セクハラかなと思って」

「死ね！　ホントに死ね！　由羅先輩の件でちょっとは見直してたのに、やっぱり、あんた嫌い！」

囮《エサ》にされといて見直したとか、頭の構造どうなってんだコイツ。

「借りは返す主義なだけであって、別に俺は優しい人間でもなんでもないぞ。願い事の件がなかったら、俺がゲームで遊んでる間にお前はあの世逝きだ。運が良かったな」

「ともかくっ！　由羅先輩には、金輪際近づくな！」

「アキラ様……あ、愛してます……アキラ様……一生、お側にいます……」

現実を認知しろよ。

「ていうか、あんた、教室に戻らなくていいの？」

「え？」

目線を逸らし、マリアはつぶやく。

「その……大変なことになってるよ？」

嫌な予感がして、俺は駆け出した。

廊下を走り抜けて、到着するなり2―Cの扉を開け放つ。

「……なんじゃこりゃ」

ざわついている教室内では、飾り立てられた俺の席が光り輝く祭壇と化していた。

燗々と光明を発する金箔貼りのアキラ像が、俺の代替として席に腰を下ろしており、机上にベタベタと貼られた『アキラ様美辞麗句シール（アキラ様スゴイ！　アキラ様最高！　などの文字ラメシール）』がコレでもかと存在をアピールしている。

ド派手な自席の周りには、色とりどりな蠟燭が並べられており、何故かソーセージらしきものが点々と配置されている。

「ど、どうでしょうか……？」

薄桃色に頰を染めた由羅は、期待感でウキウキしながら、俺の服裾を摑んで感想をねだってくる。

「あ、アキラ様の威光と権威を世に知らしめるため、さ、祭壇を作ってみました……ぷ、プレゼントです……は、恥ずかしい……」

生き恥を晒すのに、俺を巻き込むな。

「お前、ふざけ――」

「桐谷彰《クズ》、ちょっとこっち」

付いてきていたらしいマリアは、俺の手を引っ張って廊下へと連れ出す。

「なんだよ？」

「喜んで」

「は？」

「由羅先輩に悪気はないの。だから、喜んで」

悪気なしに顔面殴るから、喜んでみろや。

「お前な、あの状態で、授業を受けろとでも言うのか？」

「そ、そこまでは言わないわよ！　でも、あの仕込み、ふたりがかりで三時間くらいかかったんだからね！」

手伝ってんじゃねぇよ。

撤去作業のため、無言で、俺は教室へ戻ろうとする。

こちらの意図を察したのか。

俺の腰を掴んだマリアは、その場で踏み止まり必死で抵抗し始める。

「お願い！　お願いします！　一回だけ！　一回だけで良いから、喜んであげて！　あんたに褒めてもらいたくて、由羅先輩、頑張ったんだから！」

「バカ野郎。こういうのは一度でも許容すれば、後を引くのは目に見えてんだよ。お前は雑魚《モブ》だからわからんだろうが、ヤンデレってのはそういうもんだ」

「そ、そこを何とかするのが、プロでしょうが！」

ヤンデレの達人証明書《プロライセンス》なんてあってたまるか。

「なんとかしたら、お前は俺になにをしてくれるんだ？」

「え？」

きょとんとして、マリアは俺を見上げる。

「等価交換だろ？　対価もなしに、俺がなにかしてやるとでも思ってんのか？」

「だ、だって、あたし、あんたにあげられるものひとつも――」

突然、顔を真っ赤にして、マリアは自分の胸を両手で覆い隠す。

「さ、さいてーっ！　人非人《ヒトあらずクズ》！　な、なに考えてんの、アンタ!?」

「妙なコトを考えてるのは、お前だけだ。お前の微妙に盛り上がった隆起などに、人類が興味をもつわけないだろ」

「人類の総意を決めつけるな！　あ、あたしの胸にだって需要あるわよ！」

廊下のド真ん中で、胸部パーツの討論をしていることにアホらしくなってくる。

腕時計に目をやる……そろそろ、水無月さんが教室に入ってくる時間だ。これ以上、長引かせれば更にこじれて面倒になる。

「わかったよ。借りひとつだ、何時か倍にして返せ」

「え？　あ、うん、ありがと……」

あのバカげた金ピカ人権侵害像を目にした彼女がどう反応しようと、残念ながら無辜《むこ》の俺に累が及ぶのは避けられない。

渋々ながらも、譲歩することにして教室へ入った。

「あ、アキラ様、ま、マリアとなんの話を――」

「わーっ！（棒読み）すっごーい！（棒読み）」

「え、えっ……？」

目を瞬かせて、由羅は可愛らしくはにかむ。

「おれのことをおもってつくってくれたんだなぁ（棒読み低音）。つくりてのきもちがあふれてて、こんなにうれしいことないよ（棒読み高音）。ありがとな、ゆら（棒読み最高音）」

妙な噂が立たないように、俺の身体で隠してから頭を撫でてやる。

仮初めの称賛を受け取った彼女は、上目遣いで「え、えへへ」と笑った。

「こ、コレで喜んで下さるなら、げ、下駄箱を見たら、も、もっと大喜びして下さるのでしょうか？」

「テメェ、俺の下駄箱に何しやがっ――楽しみだなぁ（棒読み）」

先程、腰を摑まれた際に盗まれたのか。

教室の窓から見える位置で、遊園地のペアチケット（俺の生命線）を人質にとったマリアが笑顔で見せびらかしていた。

「良かったですね、由羅先輩！」

教室に入ってきたマリアは、由羅に抱き着いて頬ずりする。

俺の机を独創性あふれる自己アピール会場に仕立て上げた犯人は「う、うん」と嬉しそうな微笑みを向ける。

「ま、マリアが手伝ってくれたから……げ、下駄箱の方も喜んでくれるかな……？」

「もちろんですよ！　八時間もかけたんですから！」

下駄箱ごと廃棄するしかねぇッ！

「おい、マリア」

「耳打ちしないでよ。耳に息がかかってキモい」

舐めしゃぶってやろうかな。

「水無月さんが来る前に、とっとと片付けるぞ。そうしないと、マズい事態に――」

「どうしたの？　なんの騒ぎ？」

教室の扉を開けて入ってきた水無月さんは、作り物の笑顔のまま目を細めて、俺の机を睨めつける。

「……ねぇ？　なんの騒ぎなの、アキラくん？」

大量に冷や汗を流した俺は、抱えていたアキラ像からそっと手を離した。

「こんなに散らかしちゃダメじゃない……誰にやられたの、ソレ？」

ココで由羅の名前を出せば、今週二度目の刃傷沙汰。かといって、俺のせいにすれば、嘘がバレて監禁コース——だとすれば、一択しかない。

「コイツです」

「なっ⁉」

指されたマリアは、ギャーギャー喚きながら俺に摑みかかってくる。

「ふ、ふざけんじゃないわよ！　なんで、あたしのせ——」

「手伝ったんだよな？」

俺は、小声で真実を述べた。

「お前、下駄箱も合わせて、合計十一時間も手伝ったんだよな？」

言葉を詰まらせたマリアを見下ろし、俺は一気呵成《いっきかせい》に畳み掛ける。

「大丈夫だ、安心しろ。水無月さんの興味の中心は、俺と俺にちょっかいをかける女性であって、心の底から俺のことを嫌っているお前は安全圏だ。由羅とは正反対で、誰もが俺に好意を抱くようなことを最も厭う」

「ほ、本当でしょうね？」

「間違いない」

上級生たちに囲まれたマリアは、引きつった笑顔でおずおずと手を挙げ「ご、ごめんなさい。あ、あたしが嫌がらせしましたぁ」と言った。

「へぇ……」

水無月さんは自然な動作で内ポケットに手を伸ばし、数秒後、俺のスマホが震えてチャットが届く。

ゆい『五秒以内に、アキラくんから離れろ』
ゆい『わたしが指示したタイミングで、衣笠由羅を連れて直ぐに退室しろ』
ゆい『その後、廊下端のゴミ箱の底にあるメモの指示に従え』

マリアは、俺のスマホの画面を覗き込む。

チャットを確認した小動物《マリア》は、絶望しきった顔で俺を見上げた。

「こら。こんな大掛かりなイタズラ、ダメじゃない。どうして、こんなに張り切っちゃっ——あっ、ちょっと！　もう！　どうして、逃げちゃったんだろ？」

自分のチャット履歴を見てみろ。

質問に答えれば指定の五秒を過ぎるため、由羅の手を引っ掴んだマリアは、慌てて教室を出て廊下を駆けていった。

「アキラくん、片付け、手伝うよ。アハハ、この像、ディティールも凄いし良く出来てるね？　おもしろーい」

　笑い声で、寿命って縮むんだね。

「……やり取り、全部、視てたよ？」

　声による感情表現の幅がすげぇッ！

「ねぇ？　どうして、あんな女が作ったモノを褒めてたの？　ねぇ？　どうして？　ねぇ？　答えられないの？　ねぇ？　ゆいに隠し事なの？　ねぇ？　答えてよ？　ねぇ？　アキラくん？　ねぇ？」

『ねぇ？』のリズム感良いね、君。

「ゆい。あの褒め言葉、本気で言っていたと思いますか？」

「え？」

　よし、釣れた——俺は生存の糸筋を見出す。

「俺が口にする言葉に誠意や真意が籠もっているかどうかなんて、俺のことを愛しているゆいであれば当然わかりますよね？」

「もち——」

「そのとおりです。さすがですね、ゆい。アレは大嘘ですよ、愛するゆいを裏切らないために、わざと棒読みで読み上げていたんです。理解してくれていて良かった」

「で、でも、あの女の贈り物を褒め——あっ」

会話の優位を渡さないため、俺は食い気味に発言を遮る。

続いて、自然かつ小さな動きで、水無月さんの手の甲を小指でそっとなぞる。

「あ、アキラくん……だ、ダメだよ……こんなところで……」

オラオラオラオラオラオラァッ！　俺からのボディタッチに弱いんだろ⁉　オラオラオラオラオラオラァッ！

「ゆいは、俺たちの本当の関係性を伏せておきたいんですよね。もちろん、俺もそうですよ。だから、仕方なく、他人へのお世辞として口にしただけです。俺の言葉よりも俺の気持ち、ゆい『なら』わかってくれますよね？」

特別感を際立たせる表現を、ヤンデレは最も好む！

「う、うん……だ、大丈夫……わ、わかってるよ……」

勝ったわ（勝利ファンファーレ）。

運命に打ち勝った達成感を味わっていると、息を切らしたマリアが戻って来る。

メカニゼーションされたかのようなぎこちない動きで、彼女は、盗んだ遊園地のペアチケットを俺に突き出した。

「キリタニ・アキラサン、スミマセンデシタ。コンゴ、モー、チョッカイハカケマセン。アト、コレ、ドゾー」

不出来な台本だなぁ！

「う、うん、ありが――――」

「わー！　なにそれ！　新しく出来た遊園地のペアチケット？　良いなー！　わたし、行ってみたかったんだよねー！」

殊更に声を大にして、水無月さんはそう叫ぶ。

この学校で随一の可愛らしい笑みが、ベストな角度で俺に向けられる。

「でも、ペアチケットってことは……アキラくん、誰か誘うつもりなのかな？　彼女とか？　もしかしているの？」

「い、いないよ」

イエスとは言えない問いかけ。確実に誘導されている。

「なーんだ？　なら、誰か誘うつもりだったのかな？　お父さん、お母さん……はないよね？　ペアチケットって、家族で行くようなモノじゃないしね？　だとしたら、誰を誘うんだろ……うーん……もしかして、何時もお世話になっている人とか？」

「そ、そうだね」

水無月さんは、雨後の清廉な百合の花のように、可憐かつ綺羅びやかな笑顔を纏った。

「それって、誰なんだろ？」

このために、俺の片付けを手伝ったんだね！　ギミック活用力がスゴイや！

「……誘ってくれるよね？」

常に寄り添い離れない影のように、水無月さんは音もなく俺に身を寄せる。

「誘って……くれるんだよね？」

人間の声帯が出して良い音じゃない。

「水無月さん！　良かったらコレ！　誰かと一緒に行ってき——俺と一緒に行こうか⁉　せっかくだしね！」

正面から肌を突き刺すような殺気を飛ばされ、俺の口は勝手にペラペラとしゃべりだし、全自動で生存ルートへと突き走る。

「え、本当⁉　嬉しい！　楽しみにしてるね！」

「う、うん、俺も楽しみに——」

教室のドアのはめ込みガラスに、べったりと両手と顔をくっつけて、中を覗き込んでいるふたつの瞳——ブツブツと、高速で口を動かしている由羅と目が合った。

瞬時の判断で、俺はポケットの中に手を入れる。

画面は見ずに指の動きだけで、スマホをタップし由羅に電話をかけた。

彼女がスマホを手に取ったのを確認し、俺は素早く電話を切って、いざという時のために事前準備《プリセット》しておいた定型文を送りつける。

アキラ『今日！　デートしたいな！』

「ゆいとデートに行けるなんて嬉しいなぁ！」

「あ、アキラくん、声大きいよ……ば、ばか……」

水無月さんの注意は、適度なボディタッチと話術でこちらに惹きつける。

同時進行で、俺は、由羅への対処を行う。

ココでふたりが邂逅すれば、間違いなく修羅場になる！　由羅をチャットで誘導しつつ、水無月さんの意識を俺へと向けさせるしかない！

アキラ『放課後に行こう！　相談したい！　今直ぐ、下駄箱に行って！』

由羅は、花開くようにして笑った。

大事そうにスマホを握り締め、ドア越しにこくこくと何度も頷く。

ゆら『アキラ様、大好きです！』

好きとか嫌いとか言ってる場合じゃねぇんだよ、とっとと失せろッ！

「アキラくん？　汗、どうし——ポケット」

水無月さんの声質が変わって、ぞーっと、全身の鳥肌が立った。

両目から光を消した彼女は、ゆっくりと、こちらのズボンへ手を伸ばし——俺は仮止めしていた糸を解いて、ポケット内に開けた穴から床へスマートフォンを落とした。

「わっ！」

驚いたフリをして、声を上げながら後退。

床に落ちた時の音を誤魔化すため机にわざとぶつかり、同時に踵を使って後方へスマホを滑らせる。

「あ、アキラくん！　大丈夫？　ご、ごめんね、ゆい、アキラくんがポケットにずっと手を入れてるのが気になって……」

「大丈夫ですよ、ゆい。少し、驚いただけですから。あっ！」

俺は、水無月さんの背後を凝視する。

「え？」

水無月さんがドアの方へと振り向いた瞬間。

素早く屈みながら後ろに手を伸ばし、スマホを回収して逆のポケットに仕舞う。

「ゆい、よく見て下さい……アレ……！」

「どうしたの？　あの女がいるの？　大丈夫だよ、アキラくんは、ゆいが一生守ってあげるから」

水無月結から俺《自分》を守ってくれ。

「あ、なんだ。別クラスの人か。すみません、見間違いでした」

「そっか、なら良かった」

体裁を整えた俺は、水無月さんへと微笑みかける。

俺《アキラ》に対する疑念はひとつもないのか、彼女は安堵で胸を撫で下ろしていた。

「それじゃあ、片付けちゃおうか？」

「ええ、ありがとうございます」

教室前から下駄箱まで行くのには、一、二分はかかる。由羅が到着するのはもう少し先だし、ホームルームが始まる時間帯を見計らって、こちらからプリセットしたチャットを飛ばせば事案回避だ。

コレで、当面はだいじょ――上気した顔の由羅が、息を切らしながら、教室のドアに手をかけ――俺は、スマホを耳に当てる。

「え？　アキラくん？」

「下駄箱で待っててくれって意味だよぉ！　今直ぐ、行って戻ってこいなんて誰も言ってないよぉ！」

ドアの向こう側まで、聞こえるような大声で叫ぶ。

水無月さんは、疑惑の目をこちらに向けた。

クラスメイトたちは『また、桐谷か』と言わんばかりに視線を送ってくる。

お手玉しながらスマホを確認しようとしていた由羅は、俺の叫び声を聞くと、こくこくと頷き廊下を駆けていった。

「アキラくん、今のなに？」

「あぁ、すみません。母親です。弁当箱を忘れてしまったので、下駄箱まで届けに来てくれたみたいなんですが……やり取りに勘違いがあったせいで、また家まで戻ってしまったみたいです」

「あ、そうなんだ。なら、また下駄箱に来るのかな？　せっかくだから、ご挨拶を――」

水無月さんの両肩を摑んで、無理矢理、こちらに振り向かせる。

なにをどう勘違いしたのか。

口元をあわあわと動かした彼女は、ぷいっと真っ赤になった顔を逸らした。

「きょ、教室ではダメ……めっ、だよ……」

教室じゃなくても、お前は『滅《め》っ』してくるだろ。

「互いに初対面ですし、挨拶するにしても、相応しい場というものがあるんじゃないですかね。下駄箱で俺の母親と顔合わせなんて、あまりよろしくないんじゃないですか？」

「そ、そうだ、ですね……」

テンパれッ！　一生、テンパってろッ！

「ホームルーム始めるぞぉ、席つけ～」

雲谷先生が教室に入ってきて、歓喜のあまり、俺は密かにガッツポーズをとる。

「あ？　桐谷、なんだ、その自己顕示欲にまみれた席は？　まさか、また、新しいのが出たんじゃないだろうな？」

ヤンデレをゴキブリのように扱うそのスタイル、嫌いじゃない。

「いや、ただの日常です。すいません、片付けてるんで、ホームルーム始めてて下さい」

「……手に負えないようなら相談しろよ？　よし、始めるか」

朝のホームルームが始まって、俺はようやく人心地をついた。

＊

「もしもし？　ママ？　うん、うん……あ、そうなの！　私、間違えて、お兄ちゃんのお弁当箱をもってきちゃったみたいで！」

計画的に兄の弁当箱を回収していた淑蓮は、満面の笑みで母親と通話する。

「え？　お兄ちゃん、お弁当箱をもって行ったはずだって？　アハハ！　アレ、中身、空《から》だよ！　私のイタズラ！　うん、大丈夫。うん、うん」

にこやかな笑顔で、彼女は言った。

「私、お兄ちゃんのお弁当、今、届けに行ってるから。うん、先生も許可してくれたから問題ないよ」

当然、教師が中学生を一人で外出させるような判断を下すわけがない……たとえ、一時間目が自習だとしても。

嘘を吐いたことをおくびにも出さず、通話を終えた彼女はひとりつぶやく。

「お兄ちゃん、私が来たら、喜んでくれるかなぁ？」

スキップしながら、淑蓮は由羅が待っている下駄箱へと向かって行った。

＊

スミレ『お兄ちゃんの淑蓮が、下駄箱までお弁当箱を届けにいきまーす』

スミレ『(♡をもったペンギンのスタンプ)』

スミレ『お兄ちゃんがもって行ったお弁当、実は空なんだよ(笑)』

想定し得る中で、最悪の状況が舞い込んできたわ。

ホームルームの最中に届いた死亡フラグ《妹からのチャット》は、俺の思考速度を加速させて生存ルートを模索させる。
アキラ『ありがとうな。でも、昼はパンにするから大丈夫だ』
アキラ『(『STOP』と看板を掲げている交通整理員のスタンプ)』
スミレ『私が来ると、何か不都合でもあるのかな』
スミレ『(シャーロック・ホームズに扮している犬が『じ～っ……』と虫メガネを覗き込んでいるスタンプ)』

ぁあ～、見抜かれてるぅ～！

「アキラくん？　顔色悪いけど、大丈夫？」

「そ、そうですね。ほ、保健室に行こうかな」

とりあえず教室から離脱して、下駄箱前から由羅を引き離——

「なら、ゆいが付き添うね？」

「全快しました」

ダメだ。なにかしらの都合を用意しないと、水無月さんの監視をくぐり抜けられない。かといって、チャットだけで由羅か淑蓮を下駄箱から引き離す方法も思い浮かばない。

淑蓮が下駄箱に到着してしまえば、今、俺のことを下駄箱前で待っている由羅と鉢合わせになる。まず間違いなく、妹は、由羅に『ココにいる理由』を尋ねるだろう。
遭遇するだけでもマズいのに、面倒ごとの真っ最中に会話されるのはもっとマズい。
妹《アイツ》はブラコンを拗らせているし、由羅の異常な信仰が消えた現状でも、なにかしらの面倒事が起きるのは目に見えている。

アキラ『あと何分で着く?』

ぴろんと、音が鳴ってチャットが届く。

スミレ『二分ぐらい?』

下駄箱まで走れば約一分。
残り六十秒で水無月さんを出し抜いて、教室から下駄箱まで向かうのは不可能——だとしたら一緒に向かうしかない。
「すいません、ゆい。やっぱり、具合が悪いみたいで……保健室まで付き添ってもらえますか?」

「え、う、うん！　もちろん！　汗を舐め――身体拭いてあげるね！」

妖怪《あかなめ》かよ、お前。

「さ、さ、行こ！　は、はやく！　せ、先生！　アキラくんが具合悪いみたいなので、身体を拭いたり、えっと、アレもしたいしコレもしてきます！」

年末年始に戻って、煩悩削ぎ落としてこいや。

「お、おう。水無月が冗談を言うなんて、珍しいな」

クラス内が明るい笑い声で包まれ、水無月さんが恥ずかしそうに顔を赤らめる中、俺だけが真顔で突っ立っていた。

「じゃ、じゃあ、アキラくん……行こっか？」

水無月さんに寄り添われて、保健室まで誘導されている道中。

校内の見取り図を頭の中に思い浮かべていた俺は、一階にある保健室から下駄箱まで、走れば三十秒程で到着可能であると結論付ける。

「あ、あのね、アキラくん。お願いがあるんだけど……聞いてくれる？」

聞いてくれないって言っても、言うこと聞かせるんでしょ？

「なにかな？」

「しゃ、写真撮影したいの」

信じ難いことに、まともなお願いだったわ！

「この首輪をつけた全裸のアキラくんの写真を千枚くらい」

　そんなわけねぇわな！

「あとね、アキラくんの綺麗な肌に、油性マジックで『水無月結』って書きたいの！　何回も書きたいの！　全身！　余すことなく！　ゆいのものだってことを示すために！　ゆいの手で！　何回も何回も何回も何回も何回も何回も！　アキラくんの白くて柔らかいお肌に、ゆいの名前を書いてあげたいの！　だって、ゆいのものだもん！　アキラくんの全部は、ゆいだけのものだもんね⁉」

　アクセル全開で、頭が事故っとるわコイツ。

「い、良いかな？」

　どうしてもってきたんだろう？　と疑問に思っていたカバンから、ゴツいデジタル一眼レフカメラが出てくる。呼吸を荒げている水無月さんは、黙っていれば可愛らしい顔を歪め「ハァハァ」と俺に詰め寄ってくる。

「すみません……もちろん、恋人であるゆいに書いてもらいたいのはやまやまですが……本当に具合が悪くて……」

「そ、そっか。ご、ごめんね。こ、今度にしようね？　ゆ、ゆいと、ふ、ふたりで、こ、今度、しようね？」

「もちろん」

を開けた。
保健室の先生は不在のようで、俺は「空気を入れ替えたい」と言って、ごく自然な動作で窓
貞操の危機を感じながら、ようやく保健室に到着する。
しねぇよ！

「か、身体、拭こうね……ゆいの舌で拭こうね……」

「まず、服を脱ぎますから。脱ぐところを見られるのは恥ずかしいので、カーテンを閉めても良いでしょうか?」

「う、うん、早くしてね！」

俺は手早く服を脱ぎつつ、衣擦れの音をボイスレコーダーに録音し、わざと上着をカーテンの下の隙間に落として盲点を作り出す。

リピート再生にしたボイスレコーダーを枕元に置いた後、カーテンの下を潜って窓側まで行き、窓から外に出ると同時に猛ダッシュで玄関口まで向かった。

「ゆ、由羅！」

「あ、アキラ様」

由羅の元まで辿り着くや否や、妹らしき人影を校門付近で確認する。

俺は、大慌てで、彼女の手を引っ張り下駄箱から離脱する。

「今日の放課後！　デートだ！　遊園地に着ていく服を買いに行こう！　異存はないな⁉」

『はい』と言え！」

「は、はい……で、でも、水無月結にどうして遊園地のチケットを――」

「アレは誤解だ。そして、その説明はデートの時にする。俺とのデートは嫌か？」

論点のすり替えを喰らえやッ！

「い、嫌なわけ、あ、ありません……あ、アキラ様と一緒なら……ぼ、ボクはどこにでも……」

「よし。なら、教室まで戻って、放課後を待ち望め。良いな？」

「は、はい！　た、楽しみにしてます！」

由羅が階段を上がっていったのを確認し、うんざりとした気持ちを抱えながら、玄関口まで走って向かう。

「あ、お兄ちゃん！」

「お弁当をありがとう！　俺はお前が大好きだよ！」

当自比三十倍の速さで頭を撫でてやると、淑蓮は「もー、髪の毛、崩れちゃうよぉ」とデレデレとした顔で文句を言ってくる。

「すまんが！　直ぐに授業があるんでな！　お兄ちゃん、教室に戻るな！　大好きな妹は、聞き分けが良いからわかってくれるよな⁉」

「もちろんだよ！　でも、その前に……んーっ」

目をつむって唇を突き出してくる妹の額にキスをすると、緩みきった顔つきで「お兄ちゃんったら、シスコンなんだからぁ」とへなへな声でつぶやく。

「お兄ちゃん、チャットするから！　返事してね！」

「あぁ！（大嘘）」

帰っていく妹に手を振って。

自分の限界を超えた最大速度で職員室に飛び込んだ俺は、ホームルームを終えていた雲谷先生へと叫ぶ。

「先生！　保健室の先生がいなくて、薬の場所がわからないので、今直ぐ保健室に来て下さい！」

「え？　あ、あぁ、わかっ――」

職員室の窓から飛び出すと、授業の準備中だった先生たちは目を丸くする。

保健室まで突っ走った俺は、慎重に窓から入ってカーテンの内側まで戻る。

「……アキラくん？　ねぇ、さっきから、無視してるの？　ねぇ？　アキラく――」

「ゆい」

ボイスレコーダーを止め、服を脱いで汗を拭った俺は笑顔でカーテンを開ける。

「お待たせしました」

「そ、それじゃあ、早速、舌で――」

「桐谷、大丈夫か？」
雲谷先生が入ってきた瞬間、水無月さんが舌打ちする。
不可能を可能にした俺は、込み上げる達成感でガッツポーズを取りそうになり――
スミレ『一緒に帰りたいから、放課後、校門前で待ってるね？』
スミレ『(ラブレターを突き出している女生徒のスタンプ)』
スミレ『お兄ちゃん、大好きだよ？』

神を呪った。

──×××❤

第五章　そして、デートへ……

「協力しろ」

昼休み。

中庭に呼び出した衣笠麻莉愛は、ベンチに腰掛けたまま唖然と目を見開いた。

「きょ、協力しろって……なにを？」

「お前は俺に借りがある上に、水無月さんに遊園地チケットという手札を露わにして、まんまと現況を呼び込んだ死神《ジョーカー》だ。お前は俺に協力する義務がある」

「だ、だって、水無月結に見られてたとは思わなかったし！」

「お前の想定なんぞどうでも良い、結果としては見られていた。どれだけ低い可能性だろうと、ヤンデレに俺の弱みをひけらかしたのはお前だ。俺はヒモになるため手段も方法も問うつもりはないが、誰かを犠牲にしてまで目標を達成するつもりはない。ラブアンドピースが俺の信条だ。だから、ヤンデレ同士の争いは避けたいし平和裏に事を収めたい」

「いや、ヒモがラブアンドピースって……そもそも、あんた、あたしのこと散々使い走りに使ったでしょうが……」

「あの程度は、犠牲に含まないだろ？」

「アハハ、死ねよクズ」

小さな弁当箱を膝に広げていたマリアは、キョロキョロと辺りを見回した。周囲に人影がないことを確認し、俺の手をとってからずんずんと歩き始める。

校舎裏までやって来て、ようやくマリアは息を吐いた。

「話はわかった。確かに、遊園地の件はあたしにも責任がある。正直、呼吸範囲内にあんたが存在して欲しくないけど……協力してあげても良い。でも、条件がある」

「わかった、命は保証してやる」

「あたしに、なにさせるつもりだった⁉」

地雷探知《ヤンデレ》。

「冗談だ。早く、条件を言え」

「あんたが言うと、冗談に聞こえないのよ……」

嘆息を吐いて、マリアは俺を見上げる。

「由羅先輩を誰よりも優先して欲しい」

「どういう意味だ？」

「そのままの意味よ。なんでか知らないけど、由羅先輩はあんたに惚れてて、遊園地デートも楽しみにしてる。だから、もし、あんたが『水無月結との遊園地デート』を優先するって言うなら協力はなし。絶対にね」

「良いだろう。別に問題はない」

「なら、遊園地デートは、由羅先輩と一緒に――」

「いや、それは無理だ」

「はぁ？」

顕著に怒りを示したマリアは、摑みかかってくる勢いで立ち上がる。

宥《なだ》めるように、俺は声を上げた。

「落ち着け。単純に期間をズラして、水無月さんとも由羅とも一緒に行くだけだ。新しくチケットを買い直せば、それで済むだろ？」

「あ、そっか、そういうことね……ごめん、勘違いした。なら、とりあえず、新しく買うチケットの値段を調べてみよっか」

マリアはスマートフォンを取り出し、素早い指の動きで検索を終わらせ――急に真顔になった。

「おい、どうし――」

「完売してる」

ニコッと笑みを作り、マリアは唇を震わせた。

「ゆ、遊園地の入園チケット……ぜ、全部、完売してる……」

一秒、二秒、三秒——俺は絶叫した。

「ふ、ふざけんな！　ど、どういうことだ⁉　え、ええ⁉　そ、そうなる⁉　そうなっちゃう⁉」

「お、おおおおお落ち着きなさいよ！　だ、大丈夫、金券ショップで手に入——な、なに、この値段⁉」

学生ではまず手の届かない額面が表示され、顔を見合わせた俺とマリアは、同じタイミングで顔面蒼白になる。

「あ、あのチケット……限定的に売り出された、プレオープン用のプレミアチケットだったのよ……市内に遊園地が出来たのは風の噂で聞いてたけど、グランドオープンはまだだったってことね……」

「落ち着くな！　お前、俺を残して落ち着くな！」

親に金を借りてチケットを買うか——無理だ、淑蓮に感づかれて更に面倒なことになる。

「わかった。方法がひとつある」

「え？　なに？」

俺は、満面の笑みで言った。

「お前、臓器売ってこ——」

鼻面に拳を喰らい、俺はようやく冷静さを取り戻した。

「よし、落ち着いたわ。まぁ、なんとかなるだろ」

「突然、とんでもなく冷静になるのはやめて！　置いて行かないで！」

しがみつかれて身体をゆさぶられ、ゆらゆらとゆれる視界の中で思考を整えていく。

「雲谷先生から、チケットを預かったのは俺だ。由羅は内容までは確認していなかったし、あのチケットは別の遊園地のものだったっていうシナリオはどうだ？」

「雲谷先生から感想を聞かれて、由羅先輩が素直に答えたら、絶対にどこかで食い違いが出てバレるわよ⁉　それに、水無月結にあんたがチケットを渡してる場面を由羅先輩は見てるんだから、なにかのキッカケで勘付かれてもおかしくない！」

あれれ〜？　詰んでるぞ〜？

「しかも、プレオープン期間は、来週一週間……そこから、グランドオープンまでは一ヶ月以上ある……」

「それまでに、この額の金を工面するのは無理だし、グランドオープンまで由羅を待たせるのも難しいってことか。それに今日の放課後、由羅とのデートついでに、アイツの服を買いに行く約束までしてるしな」

「は、はぁ⁉　なんで、そんな約束してるの⁉　バカじゃないの⁉」

「馬鹿とはなんだ」

俺はスマホを突きつけて、愛する妹からのチャットを見せつける。

「しかも、放課後、超兄大好《スーパーブラコン》の妹が、俺のことを校門前で待ち伏せしてるおまけ付きだ。やったね、クソがァッ！」

「ごめん、あたし、ちょっと二週間くらい失踪する用事が――」

逃げようとしたマリアの両肩を押さえつけ、俺は笑顔でささやきかける。

「俺の協力要請を受けたお前は、条件を提示し、寛大にも俺はその要求を呑んだ」

恐る恐る、振り向いた彼女は、何もかもを諦めたかのような死んだ目で、俺のことを仰ぎ見る。

「契約成立だ」

潤んだ瞳で引きつった笑みを浮かべ、ガクガクと震えながらマリアは笑っていた。

その日の放課後。

長く険しい戦いを乗り越える同士として、俺と協力者《マリア》は集合していた。

「攻めに転じるぞ」

「は？」

教室に由羅を待たせたまま、俺はマリアへそう告げる。

「守りっぱなしなのは性に合わん。こちらから攻めに出る」

「せ、攻めに出るってどういう――」

「淑蓮と由羅をぶつける」

「は、はぁ⁉」

大声を出したマリアの口を押さえつける。

モゴモゴと言いながら、彼女は、真っ赤な目で俺のことを睨みつけた。

「良いか、よく考えてみろ。俺たちの目的は、放課後デートをしのぎ切ることか？　違うだろう？　今までのようにその場しのぎで動けば、間違いなく、俺たちに待っているのは猟奇的バッドエンドだ」

「だ、だからって、なんで、由羅先輩とあんたの妹をぶつけるって話になるのよ⁉」

「淑蓮なら、遊園地のチケットを手配出来る」

「……え？」

呆然としたマリアに、俺はそっとささやく。

「以前、市場にも殆ど出回っていないプレミアのゲームが欲しいと俺が漏らした時……アイツは、たった三日で用意してみせた。恐らく、淑蓮なら可能だ」

「じゃ、じゃあ、なに、あんた……」

「あぁ」

俺は、笑顔で頷いた。

「遊園地デートには、三人と一緒に行こうと思う」

マリアは器用に白目を剝いて「アタマ、オカシインジャナイノ？」と、片言《カタコト》で罵倒を投げつけてくる。

「他にチケットを用意出来る手段があるか？　それに、遊園地のプレオープンは一週間……三人とのデートの日取りをカブらないように調節すれば、特に問題もなく遊園地デートを乗り切れる。だが――」

「八分の一」

俺は首肯する。

「市内にある遊園地までは、バスで三十分はかかるのよ。そう考えれば、由羅先輩たちが『土曜日か日曜日に、一日中楽しみたい』と思うのは必然よね？」

顔色の悪いマリアは、ご愁傷様と言わんばかりの作り笑顔を俺に向ける。

「ほぼ確実に、あの人たちは、土日のどちらかを選択する。そうなれば、三人とのデートの日取りがカブる確率は八分の一よ」

「だからこそ、淑蓮と由羅をぶつけるんだ」

「どういうこと？」

妹のことを熟知している俺は、ゆっくりと言い聞かせるように話し始める。

「良いか？　ネットで調べた結果、今回出向く遊園地『アトロポスパーク』のプレオープンでは、二種類のプレミアチケットが限定販売された。ひとつは『シングルチケット』、コレは一人だけが入場可能。そして、もうひとつは『ペアチケット』、コレはふたりでのみ入場可能だ。淑蓮の性格上、俺が『欲しい』と言ったら、ほぼ確実に『ペアチケット』の方を手に入れてくる。そうなれば――」

「あ……！」

マリアは驚愕で目を見開き、俺の顔を真正面から捉える。

「そうだ。もし、八分の一のルートに入った場合、水無月さんと入場することが確定している俺は、淑蓮と再入場することを余儀なくされて……結果として、由羅が入園出来なくなる」

水無月さんが俺から遊園地のペアチケットを奪取している以上、どうやっても誤魔化す方法はない。ふたりでのみ入場可能なペアチケットの特性上、俺は水無月さんと一緒に入園するしかないのだ。

「じゃ、じゃあ、あんた、もしかして……」

「あぁ、そうだ」

決意を籠めた眼差しで、俺はマリアの両目を射抜く。

「淑蓮と由羅を一緒に入園させる。しかも、ふたりに『俺とデートする』ということを秘密にさせて」

「無理でしょ⁉」

心から賛同するわ！

「て、ていうか、よくよく考えてみれば――」

「お、よく気づいたな。淑蓮がペアチケットを手に入れた場合、三人とのデートが同日にならなかったら俺たちはおしまいだ」

　想定される組み合せを考えてみよう。

　土曜日、もしくは日曜日、どちらかに三人の誰かが配置されるとして、組分けをしてみればわかりやすい。同グループでのみ組み合わせは成立し、ペアチケットはふたりでのみ使用可能だということを念頭に置いておく。

　その上で、水無月結は桐谷彰《オレ》としか組めず、ペアチケットをもっているのは水無月結と桐谷淑蓮だけだと仮定する。

パターン1
　土曜日：水無月結
　　↓　（水無月結、桐谷彰）
日曜日：桐谷淑蓮、衣笠由羅
　↓　（桐谷淑蓮、桐谷彰）
ＯＲ（衣笠由羅、桐谷彰）
ＯＲ（桐谷淑蓮、衣笠由羅）

右記のペアが成立し、どの組み合わせでも誰かが入れないので死亡。

パターン2
土曜日：水無月結、桐谷淑蓮
　↓　（水無月結、桐谷彰）
　ＡＮＤ（桐谷淑蓮、桐谷彰）
日曜日：衣笠由羅
　↓　チケット不足で不成立

右記のペアが成立するが、チケット不足で衣笠由羅が入場出来ず死亡。

パターン3
土曜日：水無月結、衣笠由羅
　↓　（水無月結、桐谷彰）
日曜日：桐谷淑蓮
　↓　（桐谷淑蓮、桐谷彰）

右記のペアが成立するが、チケット不足で衣笠由羅が入場出来ず死亡。

これらの死亡ルートを回避出来る組み合わせは、全員が同じ日程《グループ》に入り、尚且つ、三人の中の誰かが俺《アキラ》以外と入場する他にない。

「……つまり、あたしたちにチケットを手配する術のない現状、三人同時デートに懸ける他ないってこと？」

「正解」

頭を抱えたマリアを眺めながら、俺は可哀想にと不憫に思った。

「コレは『ヤンデレ育成計画』の一環だ」

「は？」

顔を上げたマリアの肩を、俺は励ますように叩いた。

「この放課後デートで、俺は由羅を真人間《ノット・ヤンデレ》に戻して……由羅と妹に、ふたり一緒に遊園地に入場出来る程の好感を互いに抱かせる」

「そんなこと……出来るの？」

俺は、サムズアップして断言した。

「たぶん、無理」

逃走を図った裏切り者《マリア》の腰をすくい上げるようにしてタックルを仕掛け、俺は倒れた彼女を立たせてから一緒に教室へと向かった。

＊

下駄箱を開けた瞬間。

大量の手紙が雪崩を起こし、俺の足元にうず高く積み上がった。

「あ、アキラ様……ど、どうですか……よ、喜んで下さいますか……？」

手紙のひとつを開くと、中の白紙には『アキラ様』と『愛しています』という赤文字がびっしりと書き込まれており、まるで元から赤色の紙を使っていたかのようにも視える程だった。

「そりゃ、八時間かかるわな」

「見なさい、この手を」

もじもじとしている由羅からは見えない死角で、マリアは不規則に痙攣している右手を見せる。

「あたしは『アキラ様』担当……『愛しています』は、書かせたくないんだって」

「右手が助かって良かったな」

開けた下駄箱から手紙を全回収する。

靴紐の仕掛けを元通りにしようとしていると、後ろからマリアが覗き込んでくる。

「なにそれ？」

「下駄箱の引き手部分に穴を開けて、そこに靴紐の先端を緩く入れてあるんだ。この仕掛けを知らないヤツが開けると、靴紐が引っ張られ、穴から飛び出て元の位置まで戻る。だが、靴紐の伸びる長さには余裕があって、開ける前にゆっくりと隙間を開いて中を覗き込めば、穴に靴紐の先端がハマっているかを見て取れる仕組みだ。こうしておけば、誰かが勝手に俺の下駄箱を開けた時に直ぐにわかるからな」

由羅に見られないように実演してみせると、驚きを隠せないマリアは「い、何時も、こんなことやってんの？」と尋ねてくる。

「あぁ。ヤンデレからの贈り物対策にな。お前が、由羅からのラブレターを俺の下駄箱に入れようとしたこともコレでわかった」

「あたしが、一度は下駄箱に入れようとしてたこと……わかってたの？」

俺は、頷く。

「躊躇《ためら》った末にゴミ箱に捨てたらしいが、その躊躇いが俺と由羅を救った。下駄箱を開けられていることがわかっていなかったら、さすがの俺もゴミ箱を漁ろうとは思わなかったしな。お前の雑魚《モブ》らしさが、最後の一線を守ったんだ。誇っても良いぞ」

「だ、誰が誇るか……クズ……」

頬を染めて顔を背けたマリアを見て、俺が苦笑した瞬間――眼前に、無表情の顔面が突き出てくる。

虚無の面相を浮かべた由羅は、吐息のかかる距離でささやきかけてくる。

「……なんのお話をしてるんですか？」

あまりの迫力に、彼女の瞳が、ドス黒く塗りつぶされているように見えた。

「なんの……お話を……してるんですか……？」

『桃太郎』とか言ったら、さすがに殺されちゃうかな？

「あ、アキラ様のお言葉を……ひ、ひとりだけで独占するのは……だ、ダメだと思います……だ、だって、アキラ様は貴いお人なんですから……た、たったひとりのためだけに……存在していてはいけません……あ、アキラ様は、最も神に近い存在なのですから……」

これからは、常に生配信しながら会話すれば良いの？

「そ、それに、ぼ、ボク、ほ、褒めてもらってな、ない、褒めて、もらってな――」

「よーしよしよしよし！　スゴイスゴイスゴイ！　スゴイスゴイスゴイスゴイ！　スゴイスゴイスゴイ！　スゴイスゴイスゴイスゴォイ！」

勢いだけで由羅の頭を撫でまくると、段々と彼女の目尻が下がってきて、とろんとした目つきに変化していく。

「あ、アキラ様、もっ――」

「おい、校門前に、すげぇ可愛い子来てるって！」

「え、ホント？」

「誰か待ってるみたいだけど、めちゃくちゃ可愛いらしい！　見てこようぜ！」

笑いながら、ふたり組の下級生たちが駆けていく。

校門前に不審な人だかりが出来ているのを見て、俺は、妹の襲来を察知した。

「なぁ、アレって……」

「あぁ、桐谷妹だろ？　去年、もう学習したよ。とんでもないブラコンで、兄以外の男はゴミクズとしか捉えてないからな」

「下手に食い下がったヤツ、なんでか隠してた問題が見つかったりして、停学処分になったって騒ぎになったよな。なんつーか、触らぬ神に祟りな――」

クラスメイトたちは、俺を発見して凍りつく。

円滑なコミュニケーションを得意とする俺は、笑顔で彼らに「アローハ！」と挨拶する。

「お、おう！　じゃあな、桐谷！」

「バカ、関わるなッ！　行くぞッ！　全力で走れッ！」

挨拶しただけで、全力逃走はオカシイよね？

物凄い勢いで逃げていく上級生を見つめ、マリアは白い目を俺に向ける。

「……あんた、珍獣かなにか？」

「いや、珍獣使い《ヤンデレ》の間違いだ」

気を取り直して校門前にまで移動すると、一年生の集団がひとりの女子中学生を取り囲み、わいやわいやと質問攻めにしている光景が見えてくる。

「ね、ねぇ、誰待ってるの？」

「うるさい」

「良かったら、呼んでこようか？」

「息が臭い」

「名前くらい教えてよ」

「死に絶えろ」

制服を着た我が妹は、真顔でスマートフォンを弄くりながら待ち惚けを食らっていた。妹を囲む一年生たちは、どうにか彼女の気を惹こうと頑張っていたが、塩対応どころではない反応に心が折れかけているようだ。

「あ、あんたの妹、可愛くないわね……天使みたいな顔してるのに……」

「いや、可愛いぞ。自慢の妹だ（財力的に）」

俺の声に過敏な反応を示し、バッと勢い良く顔を上げた妹は、天上から迎えに来た天使のように愛らしい笑顔を浮かべる。

「お、に、い、ちゃ～ん！」

人混みを押しのけ、思い切り俺に抱き着いた淑蓮の豹変ぶりに、一年生たちは愕然と立ち尽くす。

「好き好き好き好き好き好き好き！　大好き！　お兄ちゃんの全部が好き！　お兄ちゃん以外の木偶《でく》の坊に囲まれてたけど、お兄ちゃんの言うこと聞いて、あんまり酷いこと言わなかったよ？　私のこと好き？　お兄ちゃん好き？　私、お兄ちゃんに嫌いって言われたら生きていけないから、好きってゆって？」

淑蓮は、幾度もつま先立ちを繰り返し顔を近づけてくる。

イチャイチャと俺に纏わりついて、キスの雨を降らせている妹の姿を見て、肩を落とした下級生たちは帰っていった。

「偉いぞ、淑蓮。スゴイなぁ、お兄ちゃん、淑蓮のことを誇りに思うよ。妹として」

「好きぃ……お兄ちゃん、好きぃ……」

ハァハァと息を荒げながら、淑蓮は俺の身体に自分の全身をピッタリと押し付け、潤んだ瞳で見上げる。

「お、お兄ちゃん、淑蓮の目、潰して？」

「え？」

妹の起伏する胸が、俺に興奮を伝えていた。

「お、お兄ちゃんのこと目に焼き付けて、それから、お兄ちゃんに目を潰して欲しいの……そ、

そうしたら、私、お兄ちゃんだけがいる世界にいられるから……ほ、他の男なんて目に入らないようにして……お、お兄ちゃんだけの淑蓮にして……」

妹の目に病的な光が宿り——

「アッハッハ！　冗談はやめろよ、淑蓮！　まるで、俺の妹がヤンデレみたいじゃないかぁ！　アッハッハ！」

ハッとして、淑蓮は俺から離れる。

「え、えへ。じょ、冗談だよ。び、びっくりしたぁ？」

びっくりどころか、心臓が止まっちゃうかと思った。

「……ところで、お兄ちゃん」

淑蓮は、由羅とマリアを指して微笑する。

「あの汚物《ふたり》、なに？」

指差された由羅は、憎悪に満ちた目つきで妹のことを睨めつけていた。

「由羅」

「……な、なんですか？」

妹から離れた俺は、黒く濁った目をこちらに向ける由羅に耳打ちをする。

「俺と妹は、血が繋がってるぞ」

「え!?」

「つまり、俺と同じ血がアイツには流れてる……俺と同じ血だぞ、俺と同じ血……アイツには、俺と同じ血が流れてる……」

暗示のように嘘を言い聞かせてやると、由羅は左右に揺れ始めて「お、同じ、あ、アキラ様と同じ……」とつぶやき始める。

「淑蓮」

さり気なく由羅から距離をとり、俺は淑蓮の傍に身体を寄せる。

「淑蓮は、何時もスゴイな」

「え？　そ、そうかな？」

「だって、誰とでも仲良く出来るだろう？　自慢の妹だって、アイツらにも言ってたんだ。お前、友達多いもんな？」

「う、うん！　私、お友達多いよ！」

「なら、お兄ちゃんのお友達とも仲良く出来るよな？」

ちらりと。

淑蓮は、敵愾心の籠もる視線を由羅たちに投げかける。

「で、でも、あの人たち、お兄ちゃんのことを誘拐し――」

「放課後、俺、アイツらと一緒に買い物をしに行かないといけないんだ」

「……え？」

コレは賭けだ！　ノッてこい、妹！

「お前と一緒に帰った後、俺はアイツらと買い物に行くつもりだが……仲良く出来ないなら、淑蓮は付いてこれないってことかな？」

「え、ち、ちがっ——仲良く出来るよぉ！」

涙目になった淑蓮は、小学生のようにいやいやと首を振った。

「す、淑蓮、良い子だもん！　お、お兄ちゃんの言うこと、ちゃんと聞いてるもん！　だ、だから、ちゃんと仲良く出来るよぉ！」

利害関係だけを突き詰めれば、淑蓮に残されている選択肢はひとつ——良い子のフリをして、俺たちに付いてくるしかない。そして、自分が誘導されているという事実を、本当の目的を知らない妹が推測することはまず不可能。

「なら、仲良く出来るか？」

「う、うん！　仲良く出来る！」

俺は、心中でほくそ笑む。

淑蓮、お前には、チケットを手に入れてもらうだけではなく……由羅と一緒に遊園地《デート》に入園してもらうぞ。

兄に敵う妹はいない！　俺の本意が由羅とお前の接触だとは、さすがのお前もわかるまいよ！

＊

お兄ちゃんの目的は、衣笠由羅と私の接触か。

自由自在に涙目を作れる淑蓮は、外面とは違って冷静な内面で考えていた。

和を好むお兄ちゃんが、わざわざ私と衣笠由羅を衝突させる意味。私と衣笠由羅を仲良くさせようとしているのはわかる。

だが、そうしようとする目的まではわからない……なにを考えてるんだろう？

「……だとすれば、本人の口から吐かせるしかないか」

「なにか言ったか？」

どこからどう見ても、この世で最も格好良い男性《兄》に呼びかけられ、淑蓮は幸福で胸を満たしながら応える。

「んーん、なんでもない。行こ、お兄ちゃん」

お兄ちゃんの望み通り、衣笠由羅に接触して——それとなく、聞き出せば良いだけか。

大好きな兄の腕を抱え込んだ淑蓮は、スキップしながら、一緒に駅前へと向かっていった。

＊

「桐谷」

「なん――」

「振り向かないで。そのままジュースを飲みながら、空き缶で口元を隠して、あたしと話しているようには思わせないで」

マジもんのスパイかよ。

「桐谷淑蓮が、さっきから、由羅先輩とふたりきりになろうとしてる」

「は？　なんで？」

駅前のデパートまでやって来た俺たちは、『喉が渇いた』とぼやいた淑蓮の要求に従い、自販機コーナーで喉を潤している最中だった。

「こっちの目的が、バレたからに決まってるでしょ？　あの子、相当、頭がキレるわよ……しかも、対人距離《パーソナルスペース》の詰め方が異常に上手い。アレだけ口の悪いところを見せられたあたしでさえも、今ではあの子と仲良くなりたいとまで思ってる」

淑蓮は由羅の『アキラ様談義』に耳を傾けながら、楽しそうに笑顔で相槌を打っている。

「え？　どこでバレた？」

「どこでバレたも何も、あんたが、あんなミエミエの誘導するからでしょ！　アレだけで由羅先輩に辿り着くあの子もあの子だけど、大体はあんたの馬鹿さ加減のせいだからね！」

嘘やろ？

「もしかして、チケットの件、切り出したらマズいのか？」

「マズいもなにも、一発でアウトよ。由羅先輩に探りを入れようとしてるってことは、さすがに遊園地デートまでは勘付いてないみたいだけど……チケットのことを桐谷彰《あんた》から切り出したら絶対にあの子は気が付く」

「つまり――」

マリアは、今にも死にそうな顔で頷く。

「この放課後デート中に、桐谷淑蓮の方から遊園地に誘わせるしかない」

「自発的に、ペアチケットを用意させろってことか？」

「そうよ。あんたの妹の方から『お兄ちゃん、新しく出来た遊園地に行かない？　チケットは、私が用意するから』と言わせるのよ」

「なるほどな」

「なるほどなって、あんたね！　ふざけるのも大概に――」

怒鳴りかけていたマリアは、ハッと顔を歪めて周囲に目線を走らせる。

何時の間にか、淑蓮たちが姿を消している……現状を視認した彼女は、俺の方へと勢い良く振り向いた。

「や、やられた！　由羅先輩から聞き出されたらアウトよ！　桐谷、手分けして、デパート中を探し――」

「その必要はない」

　俺は口をつけたジュース缶を揺らし、足を組み直して大きく息を吸い込んだ。

「この飲みかけジュース、欲しい人だーれだぁあああああああああ！」

　大声で叫んだ瞬間――四足獣を思わせる俊敏な動きで、自販機の陰から二体の人間が飛び出し、俺の手からジュース缶を奪い取る。

「お、お兄ちゃ、わ、私が貰――ゲホッゲホッ！」

　飲み口を舐めとるようにして、凄まじい勢いでジュースを飲み始めた淑蓮を、羨ましそうに由羅が見守る。

「マリア」

　足を組んだまま微動だにしなかった俺は、唖然と立ち尽くすマリアにささやきかける。

「悟られないように、誘わせるだけで良いんだな？」

　俺は、微笑を浮かべた。

　マリアの衝撃冷めやらぬまま、立ち上がった俺は、レディースファッションを取り扱っているアパレルショップへ向かった。

　建前の目的を満たすため、由羅の服を選ぼうという話を持ちかける。

　黒髪《ウィッグ》を新調して、前髪から片目を出した由羅は、真っ白なワンピースを纏って恥ずかしそうに試着室から顔を出した。

「ど、どうでしょうか……？」

見目麗しい深窓の令嬢が顔を覗かせたかのように。

ショップ店員たちがざわついていて、彼女に見とれた男子高校生が、勢い良く頭をぶつけ合って苦悶の声を漏らす。

「ゆ、由羅先輩、可愛いなんてものじゃありません……こ、コレは違法ですよ……あ、あたしは『ギャル系』で攻めるべきじゃなかった……こ、コレこそが本来あるべき姿……由羅先輩の可能性を百パーセント引き出す秘策……！」

隣のヤツが、ブツブツ言ってて怖い。

「お兄ちゃん」

笑みを浮かべている淑蓮が、俺の袖を引っ張る。

「衣笠先輩、かわいーね？」

長いスカートの端をぎゅっと摑んでいる由羅は、頰を染めたまま、不安気に上目遣いで俺を窺う。

「あ、アキラ様……？」

「そうだな、一言で言えば——おっと、失礼」

どう答えても詰むのは明確なので、俺は着信がかかってきたフリをして——布石のために、一通のチャットを送ってから戻ってくる。

「淑蓮、お母さんが、お前と話したいらしい」

「え？　なにかな？」

母親と通話するため、淑蓮はこの場から離れる。

声が届かない場所まで移動したのを確認してから、由羅に近づいていった俺は「似合ってるぞ」とささやいた。

「ほ、本当ですか……？　う、嬉しい……です……で、でも、この服には足りない気がして……」

「足りないって、何がだ？」

人のこと、調味料かなにかだと思ってない？

「アキラ様が」

「す、すみません！」

びしっと背筋を正した由羅が、淡雪のように真っ白な腕を伸ばすと、女性店員が「はい、なんでしょうか？」と笑顔で近づいてくる。

「あ、あの……こ、この服に、アキラ様を足して欲しいんですが……」

「あぁ、なるほど、承《うけたまわ》り――えっ!?」

このターン、俺は店員の盾を発動！　沈黙を守るぜ！

「た、例えば……こ、こんな風に……！」

儚げな薄幸の美少女が、血走った目でカバンの中を引っ掻き回す様を見て、恐怖におののく店員さんの全身が震え始める。

「こ、コレです！　こ、こんな感じです！」

バッと勢い良く広げられたノートには、異形の衣服《ヤンデレデザイン》が描かれていた。

鉛筆で描かれた真っ白なワンピースには、数百もの俺の真顔写真の切り抜きが貼り付けられており、そのデザインを見た店員さんの震えが更に大きくなる。

「つ、つまり、こちらの彼氏さんのお写真をお貼りす――」

「アハハ、やだなぁ。普通は、彼氏のことを『様』付けしたりはしないと思いますよ。なぁ、由羅？」

「は、はい……ま、まだ、アキラ様は、あ、アキラ様です……」

俺は、マリアに目配せして助けを求める。

無表情でスマホを構えている後輩は、一切助けにならず、由羅の晴れ姿を連写するこの瞬間にすべてを懸けていた。

「む、無理ですか……？　そ、その、で、出来れば、発光塗料を塗布してもらって……よ、夜中に、アキラ様の顔が浮かび上がるようにしたいんですが……う、売れると思います……」

生首ホタル（アキラ産）。

「じょ、上司に確認して来ます」

確認される上司の身にもなれ。

店員さんは、殺人鬼に遭遇したホラー映画ヒロインみたいな動きで逃げ去っていく。

由羅専属のカメラマンと化していたマリアを正気に戻した後、ようやく服の精算が行われることになった。

「ていうか、あんた、妹のことは放っておいて良いわけ？　この調子じゃ、妹の方から、遊園地デートを誘わせるなんて無理でしょ？」

「いや、もう終わってるぞ」

「は？」

驚きで、マリアは顔を強張らせる。

「お、終わってるって、どういうこ――」

「お兄ちゃん」

戻ってきた淑蓮は、後ろ手を組んで、くるくると俺の周りを回り始める。

「今度の日曜日、淑蓮と一緒に遊園地に行こ？　市内に新しく出来た『アトロポスパーク』って遊園地！　ね？　良いでしょ？」

驚愕であんぐりと口を開けたマリアの顔を、俺は片手で塞いで覆い隠す。

「アトロポスパークか……しかしな……う～ん……」

「ペアチケット一枚くらいなら、なんとかなるから！　行こーよ！　ねぇ〜！」

俺は「う〜ん」とか「だがなぁ」とか「兄妹ふたりだけというのは」と散々に焦らした後、ようやく「わかったよ」と渋々受け入れるフリをした。

「やた！　お兄ちゃんとデートだぁ！」

「ただし、条件があるぞ」

「え、条件ってなぁに？」

俺は自然な表情をキープしたまま、こちらを見つめている由羅を指差す。

「お前は、あそこにいる『衣笠由羅』と入場して欲しいんだ」

「……え？」

妹は、笑顔を固まらせ――

「なんで？」

疑問を口から吐き出した。

その疑惑が大きくならないうちに、即座に俺は打ち返す。

「実は、俺も『アトロポスパーク』のチケットを手に入れていたんだが……とある事情で、ある人にチケットを譲ってしまってな。だから、俺は行けなくなってしまったんだ」

「ある人？」

その『ある人』が、水無月《みなつき》さんであることを淑蓮は知らない。

逆に由羅はそのことを知っているため、俺の『譲った』、そして『行けなくなってしまった』という発言を受け、水無月さんと一緒に遊園地へ行くわけではないことを察知する。

「久々に会う親御さんと行きたかったらしくてな。俺もそこまで興味があるわけじゃなかったし、その場では、つい情に流されて渡してしまったんだ。だが、そのチケットは、実は由羅のものでな」

正確に言えば、『俺と由羅の』ペアチケットだったが、この物言いでも特に間違ってはいない。間違ってはいないので、由羅からのツッコミも入らず、淑蓮もそれを信じざるを得ない。

「俺が行けないのは別に問題ないが、心待ちにしていた由羅が行けなくなったというのは、さすがの俺も心苦しい。だからな、淑蓮。お前と由羅とで、一緒にアトロポスパークを楽しんで来てくれないか？」

半ば強制的とはいえ、淑蓮は、俺の前で由羅と楽しそうに時を過ごす場面を幾度も見せていた。

だからこそ――

「今日のふたりは姉妹みたいで相性が良さそうだったし、特に何の問題もないよな？」

この言葉は、絶対に刺さる。

「で、でも！　お、お兄ちゃん、さっき、淑蓮と一緒に『アトロポスパーク』でデートしてくれるって！」

「言ったぞ。だから、グランドオープンしたら一緒に行こう」

淑蓮は愕然として——ピンク色の唇を噛み締めた。

「今度の日曜日って言った！」

「あぁ、今度のな。別に、来週の日曜日なんて言わなかったろ？　それとも、淑蓮は、お兄ちゃんと一緒にアトロポスパークに行きたくないのか？」

まんまとはめられたことがわかったのか、淑蓮は悔しそうに歯噛みしてから、ご褒美へと変わった遊園地デートのために「それで良いよ、もぅ」と納得した。

「あ、アキラ様。ぼ、ボクは——」

すっと、俺は、由羅にだけ見えるように表記を隠したペアチケットを見せつける。

それから、人差し指を唇に当ててウィンクを送る。

「よし。なら、これで決定だ。淑蓮がペアチケットを手に入れたら、俺の方から由羅に連絡を入れる。というか、由羅には一度謝らないといけないな」

由羅の腕をそっと摑んで、淑蓮から距離をとる。

謝っているフリをしながら、俺は、胸元からペアチケットを取り出した。

「実はな、由羅。水無月さんにペアチケットを譲った後、とあるルートからシングルチケットを手に入れてたんだ」

指でペアチケットの記載を隠し、俺はコソコソと由羅にささやく。

「だから、遊園地に入った後、俺と合流することにしないか？　お前は淑蓮と入場して、人混みではぐれたことにすれば良い。そうすれば、やきもち焼きのアイツも、諦めて大人しく家に帰るだろ？」

「え、えっ……じゃ、じゃあ……？」

「あぁ。遊園地デートは日曜日、予定通りに行おう。淑蓮には悪いが、元々、そういう予定だったしな。あ、でも、淑蓮には絶対バレるなよ？　アイツはブラコンだし、下手すれば、俺とお前のデートを邪魔してくるかもしれないからな」

「わ、わかりました……み、水無月結の件は……そ、そういう事情だったんですね……あ、アキラ様は、なんとお優しい……」

もうこれ以上、俺の株は上げないで。

和解を終えた素振りを見せてから、俺と由羅は淑蓮たちのところにまで戻ってくる。

呆然としていたマリアは、こっそりと身を寄せてくる。

「ね、ねぇ、ど、どういうこと？　あんたの妹とは、本当に後で遊園地に行くことにしたの？」

「いや、由羅と同じ手を使って、予定通り、日曜日に行くつもりだ。三人同時デートを行わないと、不満を抱えて、探りを入れてきた淑蓮にバレる危険性が高い」

「由羅先輩と同じ手でって――」

俺が胸元のペアチケットを見せると、マリアは驚きで目を瞬かせる。

「それ、水無月結に渡してなかったの？」

「当たり前だ。一緒に行くことになったんだから、数少ないアドバンテージまで、ヤンデレに渡してたまるか」

　このペアチケットをシングルチケットに見せかけて、当日に、由羅、淑蓮、それぞれと合流するというシナリオを話すと、マリアは奇妙な笑い声を上げて「あんた、何者？」と引きつった笑みを浮かべる。

「三人同時デートまで行き着くわけがないと思ってたのに、あっさりと前提条件クリアするなんて……信じられないわよ、あたし。そもそも、どうやって、妹の方から遊園地デートを誘わせたわけ？」

「母親に『最近、アトロポスパークって遊園地が出来たらしい。プレオープン、家族で行けたら良いな』とメールを送っただけだ。あの人はレスポンスが異常に速いし、そういったチケットの手配について、まず相談するのは淑蓮だ。相談された淑蓮はチケットを手配しようとするだろうが、家族全員分を用意するのはさすがに無理。無理でなかったとしても、ペアチケットを入手して、俺との遊園地デートに漕ぎ着けるだろうと予測した」

　マリアは、乾いた笑いを上げて「で、ことごとく的中したわけね」とつぶやく。

「三大ヒモ原則の二だ。相手の気持ちを考えて、最善の手を打つ……その相手が、ヤンデレであろうとな」

作り終えた長文のメールを送信すると、淑蓮は満面の笑みでこちらを振り返り、俺のスマホに『日曜日、楽しみにしてるね？』というチャットが届く。

「舞台は整った」

俺は、水無月さん宛に新しいチャットを作成する。

「始めようぜ、三重の遊園地《地獄の》デート……！」

送信が終わった後、コンマ秒で、日曜日のデートへの意気込み（文量オーバー）が届けられ

――戦い《デート》の火蓋が切られた。

×××❤

番外編一　ドキドキッ！　病んでるバレンタインデー！

今日はバレンタインデー、この世で最も恐ろしい日のひとつだ。

「で、お兄ちゃん、今年も学校休むの？」

「当たり前だろ。外に出たら、一巻の終わりだぞ」

毎年、二月十四日は、学校を休むようにしている。なぜならば、即死選択肢を選ばなくて済むからだ。

「前にも言ってたけど、即死選択肢ってどういうことぉ？」

「例えば、水無月さんからチョコレートをもらうとしよう。お前はどうする？」

「粉々に砕いて、顔面に叩きつける」

だろうね。

「言い直すわ。普通の人ならどうする？」

「うーん……まぁ、あの人、見てくれは良いし、受け取るんじゃないかなぁ？」

「なるほど、ソイツは死んだ」

「え？　なんで？」

「愛の贈り物を受け取ったということは、監禁オーケーのサインになるからだ。逆に受け取らなければ、どうして受け取らないのか理詰めされて、最終的に浮気確定、頸《くび》はねコースへレッツゴー」

つまるところ、どちらを選んでも死ぬ。

「じゃあ、どうするのが正解なの～？」

「実践中だろ、見てわかれよ」

バレンタインデー中に外出すれば、死神と出くわすこととなる。

そのため、悟られないように数週間前から食料品の買い出しを行って、何食わぬ顔で日常を過ごすことで油断を誘い、家で籠城し二月十四日を迎え撃つ。

「金さえあれば、ブラジルにまで逃げたんだが……空港で確保されたら、その場で終わりだからな」

「私がいるから、大丈夫なのに！」

お前は、去年、口内チョコレートフォンデュ（妹の口内に溜まったチョコレートに、イチゴなどをつけて食べる）とかいう頭オカシイことしたから嫌い。

「お兄ちゃん！　私ね！　今年はね！　ものすごいの用意したから！」

この策の唯一の欠点は、ぶっ壊れている身内から逃げられないことだ。

「じゃあ、ちょっと、身体をチョコレートに浸してくるから待っててね！」

俺の妹《マイシスター》の頭がオカシイことを実証されるわけにはいかないので、妹の手首とドアノブを手錠で繋いで自室から逃げ出す。

「お兄ちゃん、なにこれぇ？　私に何する気なのぉ？　ちょっと〜、お兄ちゃ〜ん？　コレ、えっちだよぉ〜？」

俺からされることは全てご褒美なので、少しの間はコレでもつ。

二階の妹が危険なので、二月十四日が終わるのを一階で待つことにした。

俺は、階段を下りて——

「あ、お邪魔してます」

我が物顔で、リビングに座っている水無月さんを視認する。

反射的に笑みを浮かべ、スムーズな動きで彼女の対面に腰を下ろす。

「ゆい、驚きましたよ！　今日は、どうしたんですか？」

「あ、う、うん……会いに来ちゃった……」

会いに来ちゃった（不法侵入）。

「お義母様は、いらっしゃらないのかな？　婚約のご報告をしようと思ったんだけど……お出かけ？」

婚約くらいは、同意を得ようぜ！

「うちは共働きなので……とりあえず、お茶を入れますね」

お茶を入れてお茶を濁すしかねぇッ！

「その前に、コレ、チョコレート」

作戦崩壊、最速ラップ（一秒〇二）。

ゴトリと、不気味な音を立ててチョコレートがテーブルに置かれる。

立ち上がりかけた俺の機先を制する形で、死を招き入れる例のブツがその禍々しい全体像を露わにしていた。

「今年のはね、去年のより美味しく出来たと思う。食べてみれば、直ぐにわか──あ、ごめんなさい。アキラくん、去年は、寝てたよね？」

就寝中の胃袋には、チョコレートを贈らないで下さい。

「それじゃあ、アキラくん、このチョコレートに入れてきて？」

「え？」

愛くるしい笑みで、水無月さんは言った。

「ハートの片方にゆいの体液を入れておいたから、もう片方にアキラくんの体液を入れてきて」

その正気とは思えない発想力、他の分野で活かせませんか？

「混ぜ合わせて、ふたりで仲良く食べよ？　ね？」

「わかりました、待ってて下さい」

適当に、シャンプーでも入れたろ。

そういえば、浴槽には、淑蓮が用意したチョコレートが溜まってるんだよなと思った時——

インターホンの音が鳴り響く。

「はーい、桐谷結ですがー？」

フルネームで、チャイムに応えるバカいねーだろ。

「桐谷結ですがー？」

繰り返し桐谷姓を名乗って、強引に距離を詰めてくるのはやめろ。

「いや、俺が出ますから。ゆいは、待ってて下さい」

「お腹の子どもにさわるもんね……」

早く追い出さないと、状況が詰んでいく！

玄関扉を開けると、待ち受けていた配達員のお兄さんは、ニヤニヤとしながら「お届け物でーす」と告げる。

「お届け物？　え？」

「いや、スゴイですね。こんなものを届けるのは、初めてですよ」

ふたりがかりで運んできてくれたのは、丁度、俺の身長くらいの大きさの荷物だった。そのデカブツを合法投棄するや否や、あっという間に配達トラックを走らせていなくなってしまう。

「アキラくん、どうしたの？　何が届いたの？」

「いや、わからなくて。とりあえず、開けま――」

上の方の包みを剝がし、茶色の俺の顔《マイフェイス》が見えた瞬間、拳を繰り出して実寸サイズの顔面を破壊する。

「実寸大のアキラくんチョコレート？」

俺の拳に付着しているのは、中で固着した血液だった。

「あ、アキラ様」

「うおっ！」

住宅街の通りに並んでいる電柱の裏に隠れ、こちらを窺っていた由羅は、顔を赤らめてもじもじしながら尋ねてくる。

「あ、愛するアキラ様のチョコレート像をつ、作ってみました……き、気に入っていただきましたか……？」

信仰心に恋情が混じって、なんともいえない不快感がある。０点。

「なに、この汚い像？　趣味、悪いね」

「あ、悪《あ》しき者……水無月結……」

「お兄ちゃん、酷――は？　なんで、水無月先輩が、私とお兄ちゃんの空間にいるの？」

三人のヤンデレが殺意を纏い、自らの命を救うために、俺の脳は高速回転を始め――ひとつの回答を導き出す。

「お前ら！」

俺は叫んで家内に飛び込み、数秒で全裸になって、浴槽内で保温されたチョコレートの中にダイブする。

「喧嘩するくらいなら、俺のチョコレートを受け取れっ！」

三人の目が、淫靡に光り輝いた。

十数分後、タオル一枚を腰に巻いた俺は、体育座りでしくしくと涙を流した。

「お兄ちゃん……良い加減、泣き止みなよ……ごめんね……？」

「もう、お婿《ヒモ》にいけない……」

日付が変わるまでの間。

何度もチョコレートを継ぎ足され、延々と全身を舐め尽くされた俺は、涙をもって二月十五日を迎えることとなった。

——×××❤

番外編二　休日くらいは、イエスダラダラ、ノーヤンデレ

今日も今日とて、俺は、自堕落生活を送っている。

「…………」

土曜の朝からすることといえば、温かな布団の中でゴロゴロしながら、スマホで益体もない情報を集めることである。

なんか、新発売のゲームの攻略情報とか。

なんか、オススメのスイーツの情報とか。

なんか、近場に出来た温泉施設情報とか。

俺の人生において、特に必要のない情報で脳を埋めていると勝ち組の気分になる。

「お、に、い、ちゃ、〜、ん」

器用にも。

ビブラートすらも区切ってきた淑蓮は、ぴょこんっと部屋を覗き込んで微笑する。

「う〜ん、今日も、朝イチ香り立てのお兄ちゃんアロマは最高だね。朝っぱらから、よくわか

んない鳥がピーチクパーチクしてて、ムカムカしてた気分が五臓六腑から晴れ渡るみたい。おはよー、お兄ちゃん。今日も、私は、お兄ちゃんのことを愛してるよ」

「………………」

スマホを弄ったまま、ガン無視していると淑蓮はベッドの上に乗ってくる。

「お兄ちゃん？　どうしたの、末端までストライキ？」

「……妹よ」

興味ひとつもない、面白くもつまらなくもない、絶妙にくだらない無料ウェブ漫画を読みながら俺はつぶやく。

「俺という人体が、今日、布団から出ることない」

「えっ、なんで⁉　お兄ちゃん、具合が悪いの⁉」

淑蓮は、嬉々として俺に抱き着いてくる。

「ホントだ！　体温が！　体温が高い！　お兄ちゃん、コレはマズイよ！　良い匂いする！　クワァーッ！　たまらないよ、お兄ちゃん！　脳髄に染み渡る！」

人様のパジャマの中に侵入してきた異物《シスター》を排除し、蹴飛ばした俺は、おふとんヌクヌクフィールドへと戻る。

「淑蓮、俺たちは兄妹だが、互いにプライベートというものがあるだろ。本日、この日のマイ・ベッドは不可侵の聖域なんだ。たまには、ヤンデレの絡まない静謐なぐーたらデイズがあっても良いだろ。というわけで、グッバイ」

頭から布団をかぶると、淑蓮は今にも泣きそうな顔をする。

「そ、そんなぁ……む、無理だよ、お兄ちゃん……だ、だって、私、エブリデイお兄ちゃんのために生きてるんだよ……そんな情け無用なご無体されたら、お兄ちゃんのことを私から奪ったこのベッドのこと許せなくなっちゃうよぉ……っ！」

俺のベッドだって、エブリデイ俺のために存在してるだろ。

無言で。

寝返りを打つと、ベッドの下から水無月さんがスライドしてくる。

「こら、アキラくん！　折角のお休みなのに、可愛い彼女を放っておいて惰眠を貪るつもりなの？」

コイツ、今、さも当然のような顔でベッド下から出てこなかったか……？

両頬を膨らませた水無月さんは、プンプンしながら俺の掛け布団に手をかける。

「ほら、起きて！　ゆいの全身に日課のちゅーは⁉」

そんな猥褻ログインボーナスに参加した覚えはない。

「ほら、起きなさいー！」

水無月さんは、可愛らしい声を上げながら俺の掛け布団をぐいぐいと引っ張る。

「………」

そのか弱い美少女パワーに対し、俺は片手間で抵抗しながら失笑する。

雑魚が。見なくても、頰が緩んでいるのがわかるぞ、水無月結。お寝坊な彼氏を起こそうとする彼女みたいなシチュエーション……こういうものに憧れがあって、今、その願望を実践していることが楽しくてたまらないんだろ。

俺は、その健気な徒労をせせら笑う。

無駄だよ、無駄無駄無駄ァッ！　折角の土曜のうららかな朝にまで、お前ら、ヤンデレに潰されてたまるか！　黙って、ベッド下の闇に収納されてな！

「もー、アキラくんってばー！　ゆい、怒るからねー！」

下らん脅しを受けて、俺は鼻で笑い飛ばし――

「えいえーい！　えいえーい！」

猛烈な勢いでベッドが上下左右に揺さぶられ、ベッド上で跳ね飛ばされた俺はバウンドし、あっという間にベッドは真横になる。

「えいえーい！　えいえーい！」

この女、日常系萌えアニメみたいな掛け声で、圧倒的な膂力見せつけてくる！

ドゴドゴドゴドゴドゴドゴドゴッ！

真横になったベッドにしがみついていた俺は、マウンテンゴリラみたいなパワーで、ついにはひっくり返されたベッドの下に生き埋めになる。

「………」

俺が、ベッド下の闇に収納されちゃったよ。

意固地になった俺は、薄暗いベッド下で布団をかき集めて寝返りを打つ。

視線の先には、先客がいた。

「「………」」

闇の中で、由羅と俺は、目と目を合わせる。

「「………」」

俺のベッド下には、何人のヤンデレが収納されてんの……収納上手か……誰か、ヤンデレ整理収納アドバイザー呼んだ……？

「「………」」

俺のベッド下の収納に、無限の可能性を感じる……。

頬を染めた由羅は、てれてれしながらささやく。

「あ、アキラ様……」

この状況下で、ちょっと照れてるお前は何なんだよ（答え：ヤンデレ）。

「こ、こんなところでお会い出来るのは予想外で……ま、まずは、なにをしたら良いか……わ、わかりませんね……」

謝罪だろ。

ベッド下の天板を外し、由羅はカセットコンロとヤカンを取り出した。手慣れた手つきで、コポコポとお湯を沸かし、ティーカップに紅茶を淹れて手渡してくる。

「よ、よかったら……ど、どうぞ……」

人類の中で、ベッド下の環境に適応してる生物はお前だけだよ。

「い、今から、おうどん……打ちますね……！」

【急募】人様のベッド下、うどん粉まみれにしてる害人駆除。

おうどんを打っている隣で、『１１０』を打っていた俺は、熱々の紅茶を啜りながらチラリと真横に視線を向け――

「…………」

こちらを凝視しているふたつの目玉を見つける。

「…………」

黙りこくったまま。

充血した両眼をこちらに向ける水無月さんは、メキメキとベッド枠を握り潰しながらフーフーと息を荒げている。

「「…………」」

逆に冷静になった俺は、激おこプンプンゆいを眺めながら紅茶を飲む。

ゆっくりと、紅茶を飲み干した俺は微笑む。

「ゆい」

そして、両手を広げた。

「おいで」

ガリガリガリガリと。

凶暴な四足獣しか出し得ない音を出しながら、床をスリップしながらベッド下に飛び込んできた水無月さんが飛び掛かってくる。

死ぬ気で俺はいなしながら、凶器《スタンガン》を持った片手を押さえつける。

「アハハ、ゆい、そんなにじゃれることないだろ。ただ、ベッド下に先住民がいただけだよ。迫害するわけにはいかない。皆で、楽しく、ベッド下で暮らそう」

「お兄ちゃん！　水無月先輩ばっかりズルい！　淑蓮も！　淑蓮もベッド下に行く！」

泣きながら、淑蓮もベッド下に潜り込んでくる。

若干、はみ出しながらも、俺は、ついに前人未到のヤンデレ三人収納を成し遂げた。

数分後、俺は抱き枕《ダミー》を残してベッド下から脱出する。

リビングルームに下りて、優雅にモーニングコーヒーを飲みながら、スマホで見かけた近場の温泉施設にでも行ってみるかと思いつく。

温泉施設に行って帰ってきて。

俺は、ベッド下を覗き込む。

薄暗がりの中では、三人のヤンデレが可愛らしい寝顔を晒していた。

微笑んだ俺は、生コンクリートの値段を確認し——封印するのは諦めて、押入れの中から毛布を取り出してぐいぐいとベッド下に詰め込む。

なにも見なかったことにして——俺は、ベッド上で昼寝を始めた。

あとがき

はじめまして、端桜了です。

この度は、本作を手に取って頂きましてありがとうございます。

本作は、２０２０年に連載していたＷＥＢ小説を加筆修正したものとなります。

つまり、約五年前の作品です。

正直、最初に書籍化のお話を頂いた時には『今、書籍化するの⁉』と驚きましたし、当時、読んで下さっていた方も本作の存在は忘れてしまっているだろうと思ったため、書籍化はお断りしようと思っておりました。

私は、ＷＥＢ小説の書籍化は『書籍化を喜んでくれる方がいるのであればやる』というスタンスのため、最後までどうしようか悩んだのですが、折角、声をかけてきて下さった出版社様からのご厚意を無下にするのも烏滸《おこ》がましいと思い書籍化を受けさせて頂きました。

書籍化に伴い、大幅な加筆修正を行い細かいところも現代基準に合わせたため、ＷＥＢ版を知らない方が読んでも面白い形に仕上げることが出来たと思います。

昨今、『ヤンデレ』という言葉もさっぱり見なくなり、ラブコメ作品においてもヤンデレのキャラクターは見かけなくなりました。

たぶん、私も、ヤンデレをメインにしたタイトルを書けることは二度とないと思います。楽しんで頂ければ幸いです。

以降、謝辞となります。

イラストの吉田ばな先生。素晴らしいイラスト、ありがとうございました。どのヤンデレたちも可愛くて、見かけだけは超一級品という表現に磨きがかかりました（笑）。どのイラストも最高でした。

担当編集のSさん。締め切りをなかなか守れない中、たくさんのフォロー、本当にありがとうございました。Sさんが『本作が好き』と言って下さったお陰で、無事に本作を完成させることが出来たと思います。お忙しい中、本当にありがとうございました。

読者の皆様。本作を手にとって頂きまして、本当にありがとうございます。昨今は、主人公とヒロインが一対一で愛を育む作品が人気のため、本作も、そういった作品の一群ではないかと思われて購入した方がいないかだけ心配です……変化球気味の作品となっておりますが、少しでも楽しんで読んで頂けていれば嬉しいです。ご購入、本当にありがとうございました。

本作の刊行に携わってくださった方々、すべてに心から感謝しております。

では、皆様、またどこかで。

端桜了

ダッシュエックス文庫

無駄飯食らい認定されたので愛想をつかし、帝国に移って出世する
～王国の偉い人にはそれが分からんのです～
相野 仁
イラスト／マニャ子

社畜、ダンジョンだらけの世界で固有スキル『強欲』を手に入れて最強のバランスブレーカーになる
～会社を辞めてのんびり暮らします～
相野 仁
イラスト／転《くるり》

史上最強の魔法剣士、Fランク冒険者に転生する
～剣聖と魔帝、2つの前世を持った男の英雄譚～
柑橘ゆすら
イラスト／青乃《あおの》下《しも》

史上最強の魔法剣士、Fランク冒険者に転生する 2
～剣聖と魔帝、2つの前世を持った男の英雄譚～
柑橘ゆすら
イラスト／青乃《あおの》下《しも》

ブラック労働の王国から、完全実力主義の帝国へお引っ越し！　やりがいある環境で、王国で無価値とされた魔法を使って立身出世！

薄給で酷使される生活に嫌気がさして挑んだダンジョン攻略で、チートなスキル『強欲』をゲット!?　元社畜の成り上がりが始まる！

その最強さゆえ人々から《化物》と蔑まれた勇者は再び転生。前世の最強スキルを持ったまま、最低ランクの冒険者となるのだが…？

ギルドの研修でBランクの教官を圧倒し、邪竜討伐クエストに参加したせいで有名人に！　一方、転生前にいた組織が不穏な動きを…!?

史上最強の魔法剣士、Fランク冒険者に転生する3
~剣聖と魔帝、2つの前世を持った男の英雄譚~
柑橘ゆすら
イラスト／青乃《あおの》下《しも》

史上最強の魔法剣士、Fランク冒険者に転生する4
~剣聖と魔帝、2つの前世を持った男の英雄譚~
柑橘ゆすら
イラスト／青乃《あおの》下《しも》

史上最強の魔法剣士、Fランク冒険者に転生する5
~剣聖と魔帝、2つの前世を持った男の英雄譚~
柑橘ゆすら
イラスト／青乃《あおの》下《しも》

史上最強の魔法剣士、Fランク冒険者に転生する6
~剣聖と魔帝、2つの前世を持った男の英雄譚~
柑橘ゆすら
イラスト／青乃《あおの》下《しも》

かつての栄光を捨て駆け出し冒険者としてクエストをこなすユーリ。幼竜の捕獲にオーガ討伐…最強の実力を隠して異世界無双する！

昇級の提案を断って自由に冒険するユーリの周囲には仲間が増えていく。クエスト先の水の都で出会ったのはユーリの前世の恋人…!?

馴染みの鍛冶屋のために最強の武器が作れる鉱石を探すうち、ユーリは以前に見た夢のお告げで知った〈火の都〉を目指すことに…！

三度目も世界を救う!? お告げの夢で世界の危機を伝えられたユーリ。S級進級をかけた入れ替え戦の会場はお告げにあった場所で!?

ダッシュエックス文庫

ヒモになりたい俺は、ヤンデレに飼われることにした

端桜 了

2025年3月30日　第1刷発行

★定価はカバーに表示してあります

発行者　瓶子吉久
発行所　株式会社　集英社
〒101−8050　東京都千代田区一ツ橋2−5−10
03(3230)6229(編集)
03(3230)6393(販売／書店専用) 03(3230)6080(読者係)
印刷所　TOPPANクロレ株式会社
編集協力　株式会社シュガーフォックス

ISBN978-4-08-631592-0 C0193